La seducción

La seducción

Sara Torres

RESERVOIR
BOOKS

Para nosotras,
que un día atravesamos la seducción dulcemente
y templamos el daño

Los niños pequeños empiezan a ver al notar los
límites de las cosas.

    ¿Cómo saben que un límite es un límite?

    Al desear apasionadamente que no lo sea.

ANNE CARSON

Hago discretamente cosas locas: soy el único
testigo de mi locura.

    Lo que el amor desnuda en mí es la energía.

ROLAND BARTHES

Deseamos la fusión, pero nos damos cuenta del
abismo.

MICHEL ONFRAY

Y, en el caso de que pudiera pensarse, ¿por qué había de pensarse con tan aplastante dolor y no con dulzura?

MARGUERITE DURAS

1

Para mí, la historia del deseo es fundamentalmente la historia del fracaso, todo lo que quise y no pudo ser, todas las veces que temblé en la distancia entre yo misma y aquello que amo.

En el coche número 3 del tren que sale de la estación de Francia hacia la casa en la playa no nos sentamos frente a frente. Nuestros cuerpos se sitúan en diagonal. Evitamos una intimidad que, sin embargo, con una desconocida podría darse sin conflicto. Ella viaja junto a la ventanilla en sentido opuesto a la marcha. Yo al otro lado de la mesa, con un pie escapando hacia el suelo gris del pasillo.

Si tocarla fuera posible, sabría qué hacer. Exactamente sabría qué hacer.

En las canciones conocidas nunca es una mujer quien asegura poder dar un vuelco en el cuerpo de la otra, provocando temblor y asombro. Pero conozco de lo que soy capaz. ¿Por qué fingir humildad o inocencia? No nace de la arrogancia esto que digo, ni es deseo de poder. Es justicia.

Hay un asiento vacante junto a su muslo, ahí apoya la bolsa que carga el portátil y unos libros que en ningún momento se dispone a leer. La observo. Ella mira el paisaje. Una sucesión de casas blancas y pinos. Tierra seca y altas colas de zorro, plumeros de la Pampa, mi planta favorita desde niña, una especie orgullosa y resistente, que embellece los lindes del camino y recibe el estigma de ser llamada invasora.

Ahora también pretendo disfrutar el paisaje. Lo que parece ser relevante para ella a mí no me importa y cierto nerviosismo me impide ocultarlo. Vuelvo los ojos hacia su cuerpo con una curiosidad bruta. Veo un chaleco de punto blanco y cuello triangular desde el que asoman los hombros desnudos. Hay lunares y manchas ligeras bajando por el brazo hasta que en el centro encuentran la cicatriz, un picotazo sobre la piel, el pequeño estallido de una vacuna que marca en el cuerpo una diferencia generacional. Crecí mirando la de mi madre. Yo no la tengo.

*

He llegado hasta aquí movida por una fotografía en la portada de un libro titulado *El gozo y el tiempo*. En aquel retrato una mujer que aún no era ella parecía ausente mientras la cámara la elegía entre todas las cosas. En ella el foco, atrás imprecisas las ramas de un arbusto y la última luz de la tarde sobre… ¿el mar? La composición era de sombras, el pelo cayendo sobre los hombros y la espalda. El rostro de perfil, en un gesto de frente alta y labios un poco apretados, un gesto serio, a la vez duro y distendido, apenas una lengua de luz tocando la sien, la línea de la nariz, la boca, la barbilla.

En la mesa de novedades de una librería del Raval, un retrato tomado en la última luz a un cuerpo quién sabe si somnoliento por el sol y el mar o tal vez alegre después de un día de playa que se alargó hasta la noche. Hasta la noche porque el deseo en la mirada de quien fotografía es evidente, está vivo. Eso fue lo que me enganchó, entender esa mirada que retrata un rostro pero urgente captura algo que ocurre un poco más abajo, en el torso cubierto por una camiseta blanca de manga corta. Los pliegues mostrando cada interacción de la tela con la carne debajo.

Eran tal vez las últimas horas de una noche de verano, pegajosas de sal y algo más frías. El gozo y el tiempo, la curva del pecho libre y el pezón más oscuro rozando el tejido y generando ondas por la tirantez. Pensé que, si llegar a tocar ese cuerpo me fuera posible, yo sabría qué hacer, exactamente sabría qué hacer.

Y tomé el retrato con la novela adherida. Lo llevé a mi cuarto, lo miré durante varios días antes de decidirme a leerlo. El texto era algo secundario.

*

Una vez me dijeron que había algo en el movimiento de mis pupilas, caprichosas e independientes la una de la otra, que diferenciaba mi mirada de la forma en la que se supone que los ojos han de enfocar el mundo. Ahora, cuando encuentro el mismo rasgo en ella, los ojos color miel rasgados hacia abajo, inquisitivos y tristes, perdiendo la simetría, creo que entiendo por primera vez el poder de una mirada distinta.

No la dirige hacia mí. Durante la mayor parte del trayecto ¿me evita?, ¿me observa lateralmente, sin encararme, para no tener que iniciar una conversación? Fuga su interés contra la ventana y acompaña el paso monótono de un afuera que ahora alterna campos de cultivo y pequeñas casas solitarias. En la superficie del cristal veo su reflejo, con el cabello castaño claro cayendo en ondas sobre los hombros estrechos y los brazos finos apoyados sobre las rodillas. De vez en cuando, como en conflicto con un pensamiento, frunce la boca en un pequeño espasmo o aprieta la mano derecha que sostiene la correa.

Aún no ha pronunciado su nombre; cuando me avisó de que vendría escribió: «La perra también estará con nosotras, le encanta la arena y jugar entre las hierbas altas que rodean la casa. No se deja tocar por extraños». ¿Era yo la extraña? Mecido por el traqueteo, el animal descansa la cabeza sobre un pez de trapo que lame ceremoniosamente de tanto en tanto, como para calmarse. En un momento sujeta el muñeco con la boca y lo lanza hacia el pasillo. Mi compañera de viaje extiende un brazo largo por encima del asiento vacío y, al ser insuficiente este gesto para alcanzarlo, alarga todo su cuerpo, dobla por la cintura y finalmente rescata la tela húmeda de saliva con la punta fina de los dedos.

Podría fotografiarla ahora. De algún modo lo hago, pero en mi mente la imagen no perdurará intacta. No sé en qué momento la intimidad será lo suficientemente holgada para sacar la cámara y colocarla entre ella y yo. Una lente para avanzar hacia su espacio. Para mediar. A pesar de la actitud que impone una distancia, apenas hay unos centímetros de separación entre sus piernas y las mías. Si lo hiciese ahora, tomar una foto sería casi violento.

*

Sin embargo, lo había dicho: «Podrás tomar fotografías, es un buen lugar». Habló de la luz de las siete de la tarde. Todo esto para formalizar una invitación tras un correo mío donde le pedía retratarla en la casa de verano desde la que escribiría su próxima novela. El proyecto era un libro colectivo con retratos de autoras y artistas trabajando. Aceptó escuetamente, después no volvió a preguntar. En la comunicación posterior habló mucho de la casa, de sus diferentes estancias y de aquello a lo que se refirió como «la convivencia», una serie de apuntes sobre planes de mañana y tarde, siguiendo el ritmo del sol. Cuando en la estación me vio llegar muy cargada, señaló con sorpresa hacia la bolsa negra, distinta a mi maleta, que contenía las lentes. «Aquí llevo mis cámaras…», pronuncié optimista, como si fuese algo deseado por las dos. No respondió. Viró el gesto. Levantó su bolsa unos pocos centímetros por encima de sus zapatos de tacón bajo y acortó la correa de la perra dirigiéndose hacia la puerta abierta del vagón número 3. Caminé detrás de ellas, como una niña, sin serlo, o siéndolo un poco.

*

No tiene nada de especial la estación de Altafulla. El tren para como en un vacío entre dos destinos más populares. Ella señala hacia la parte alta de un cierre metálico. Ahí está un cartel que indica un número de teléfono bajo la palabra TAXI.

«No llamaremos. No van a venir. El turismo. ¿Te pesa mucho la maleta? Incluso si llegasen a coger el teléfono, tendríamos que esperar demasiado. No es un lugar agradable para esperar, este».

Pesa bastante mi maleta, agito la cabeza negando con vigor.

Miento dos veces. No. No. Luego tendré que cargar el peso excesivo de un equipaje planeado para un periodo inconcreto, con planes inexactos.

*

Jueves, seis y media de la tarde. Septiembre. Cuesta arriba, humedad y calor en un cielo nublado. Cruzando la carretera, una casa roja brillante con un cierre tipo cercado de granja en el mismo color. Pizzeria La Trattoria. Puertas cerradas, terraza vacía y en la entrada un menú con todos los precios tachados a boli. Dos leones de piedra con la boca abierta en el jardín.

«Llevará quince minutos llegar». Pasamos varias calles de casas de piedra, algunas con arcos de ladrillo que rodean los portones de madera. Frente a una de ellas, con un local diminuto en el bajo, paramos un segundo. Hay un cartel con el contorno de una bruja que pone PASTISSERIA ÀNGELS. Ella duda, da las buenas tardes a la panadera. Dice: «Estoy pensando que mejor me paso mañana a primera hora».

La mujer a la que acompaño vive en este lugar. También en la portada del libro que estuvo tantos días en mi mesita de noche. Ahora camino junto a ella. Quisiera ser vista por alguien que dentro de unos años se acuerde de nosotras.

2

La puerta de la entrada se abre con dificultad. Con esfuerzo de fricción metálica hasta que la manilla choca contra una pared de piedra. La puerta es azul y también salitre y óxido. Desde el primer momento dispongo una actitud especial hacia esa puerta. La admiro, establezco relación, me hago cómplice. Antes de abrirla la escritora ha de girar dos veces una llave que cuelga de un nudo marinero. Dentro de poco, anticipo, un día de estos, mi mano sostendrá la cuerda trenzada, será mi turno para empujar la llave en la hendidura del cerrojo. Empujar con seguridad la manilla, de un azul más pálido por el roce. Algún vecino me verá y pensará: Mira, lleva varios días durmiendo ahí, la invitada.

Ella es capaz de abrir primero la puerta del jardín, después la entrada principal, de soltar las bolsas y avanzar hasta lo que adivino será la cocina, todo sin mediar palabra. Sin mirarme. Dirigiéndose solo a la perra a la que murmura «Ya llegamos», «Ya estamos aquí». Me quedo atrapada en el quicio. ¿No sabe que ha de invitarme una vez más, justo en este momento, para que yo pueda pasar? Lo que escribió por e-mail no basta. La realidad es ahora y necesita votos renovados. ¿Se ha arrepentido?

No nos conocemos. En mi primer correo pude haber sido más sincera. Pude haber afirmado algunas cosas: que tras leer su libro yo había entendido la parte que reprimía en la historia, la que no dejaba ser. Pude haberle dicho que sabía que el personaje masculino no era un hombre sino una joven de manos fuertes. Pude haberle prometido cosas. Un respiro de sí misma. Un cuerpo follado tanto tiempo, con tanta calma e interés que termina por olvidarse de ese mundo que le exige. Pero por temor a sonar arrogante callé primero. Como calla ahora ella.

Fui muy feliz planeando este momento. En mis ensoñaciones nunca imaginé la preocupación, el miedo al rechazo. ¿Qué se supone que he de hacer hoy, si la incomodidad persiste? Ser paciente. Fingir. Esconder la desilusión para evitar el conflicto y que tal vez más tarde, con las maletas abiertas y la ropa dispuesta en el armario, deje de ser invisible para ella.

*

He pensado mucho en esta casa. Estuvo en nuestras conversaciones. Ahora intento establecer analogías entre el lugar y el relato del lugar. Encuentro al fin una, indudable, icónica: los viejos porticones de las ventanas de madera, pintados a mano por ella y una amiga el verano pasado en un tono parecido al de las puertas en las calles azules de Chauen. En otros detalles la realidad coincide bastante con la imagen mental que he ido creando: los suelos, gastados e irregulares, y los tejidos de *llengües* cubriendo una gran porción de la pared del salón, estandarte de algún sueño mediterráneo. Una mesa de pino viejo con una vasija esmaltada, dos vasos de cristal verde y cuatro asientos vacíos. En la cocina, blanca y azul, un ramillete de flores pequeñas, parecidas a la manzanilla salvaje. Todo es más viejo y sencillo de lo que imaginé. Los colores también parecen más profundos, las superficies tienen la textura compleja de los años.

Se acerca a las flores y examina el fondo del recipiente que las contiene. «Tienen sed, pero antes voy a cambiarme los zapatos». Se quita los zapatos y toma de un cesto unas alpargatas planas color beige con rayas blancas. Desnuda los pies y se cambia de calzado a medio metro de distancia de la baldosa donde me sitúo, como atrapada en un damero, sin conocer el siguiente movimiento.

Luego me mira, al final me mira, sonríe de forma casi dulce, con sorpresa.

«Ponte cómoda, niña. ¿Qué haces ahí tan derecha? ¿Quieres algo para estar por casa? Debería tener unas zapatillas de hotel guardadas por algún lado... Mira, toma estas, apenas se usaron un par de veces». Voy a descalzarme delante de ella, pero inmediatamente descarto la idea. No podría sin comprobar antes el estado de mis pies. Temo que esa sea la primera desnudez que conoce de mí.

Ahora habla. Me conduce a través del pasillo llevando sobre los antebrazos una toalla color mostaza y, en el centro, un jabón de miel. Recibo el ajuar justo a las puertas.

Un rato después, sola en mi cuarto asignado, googlearé su edad.

Cincuenta años. Yo tengo treinta y dos.

*

Ya lo había hecho antes, meter su nombre en el buscador y esperar unos segundos. Lo hice muchas veces en los últimos meses, aunque no recordaba su edad exacta. Su cuenta de Instagram ofrece información muy limitada. Una decena de publicaciones en el espacio de tres años. Algunos carteles de charlas y presentaciones de libros. Una fotografía de la entrada azul y también la imagen que está en la cubierta de su libro. Ese fue mi mejor descubrimiento, la fotografía limpia, sin el título y los logos de la portada.

En otra imagen un dedo acaricia un abejorro acurrucado en la palma de su mano. Pienso que estará muerto. No es propio de un abejorro disfrutar ese tipo de caricias.

*

La primera vez que entro a la que a partir de entonces será mi habitación, la perra pasa antes por la puerta que se ha abierto para mí. Luego se sienta en medio del cuarto, observándome desde una mirada chocolate, ni tierna ni dura, el cuerpo ni tenso ni relajado, solo atento en una especie de justo medio del juicio. Es un animal alto, como la escritora, de proporciones un tanto extrañas y pelaje abundante de color irregular, parece la prole inesperada entre un galgo y un ovejero. No intento acercarme ni acariciarla, su posición lo indica: no es el momento.

«A ver qué tal te encuentras aquí, suele quedarse Greta, pero ella no llegará hasta dentro de unos días. No te asustes por las paredes, arranqué el papel antiguo y debajo había este verde, un pigmento tan bonito. Aunque roto, claro, por el pegamento y el tiempo. Pedí que lo dejaran tal cual y aplicasen un fijador. Ahora es como dormir contra la pared de un hotel en ruinas en una ciudad italiana».

Nombra las ruinas, pero no hacía falta. Es improbable estar aquí dentro y no pensar en cierta relación nostálgica con un pasado difuso. ¿Qué hotel? ¿Qué ciudad italiana? Me apetece preguntar. Probablemente ninguno, solo una impresión, una idea vaga, casi un estado de ánimo.

La habitación tiene dos espacios, conectados a través de un arco. En el primero está la cama, y en el más pequeño, un sofá bajo esquinero, un tocador y una plataforma de madera; no hay nada sobre ella. «Es para la bañera, ¿ves esos dos agujeros? Está preparada la entrada del agua, aún no me he decidido por un modelo. Hoy en día hay quien compra algo así por internet, sin haber tenido el objeto delante en su vida. Me gustaría probarla antes, pero ¿dónde va una a probar bañeras, lo sabes tú?».

Vuelvo a negar con la cabeza. Me resulta divertido imaginarla con su vestido largo de algodón y sus bonitos gemelos. Con alpargatas de cuña. Saltando al interior de bañeras colocadas en un espacio expositivo, una gran nave industrial dentro de un polígono.

Un espacio de exposición… tan frío y distinto a una casa como una galería de internet. Balbucearé.

*

La perra abandona el cuarto primero, pero no es ella quien inicia el movimiento. Miraba el rostro de la escritora, que se giró un segundo hacia la puerta. No fue una orden, fue la expresión inconsciente de un deseo. Aquello que la perra entendió: «Vamos, salgamos de aquí».

*

Me he quedado sola por primera vez. Espero en el verde brillante con sus mordidas de papel arrancado. El sol toca a la última hora. Todo preserva el pasado, hasta lo nuevo: una radio sin posibilidad de conectarse al móvil para que sirva de altavoz. Las puertas son pequeñas y los muebles bajos, de manera que el techo parece quedar muy lejos de ellos. Sentada en el borde de la cama tiro un retrato con la cámara frontal, de perfil, estirando mucho el brazo y fingiendo que la mirada se ocupa en alguna actividad ajena a la cámara. Quiero saber qué vería ella si entrase ahora.

Repaso primero los ojos, casi siempre irritados, valorando el rojo en torno al iris que suele empeorar con el calor, la sequedad del ambiente y momentos de tensión en los que no parpadeo. Una mirada del color de este suelo de castaño, tantas veces coronada por minúsculos riachuelos de sangre. Un camino pardo y rojo que ofrecer a las otras.

El pelo oscuro, la mandíbula firme y una camisa ajustada al cuello, hasta el último botón. Me recuerdo de adolescente, la ironía de mi madre diciendo que todo el mundo respetaba las temporadas menos yo, para quien no existía la ropa de verano, puesto que iba siempre «cubierta hasta las cejas». La madre bella, sin vergüenza, mostrando la definición del brazo al aire y la pierna asomando por la abertura del vestido. Un cuerpo atlético de madre como referencia y luego mi incómodo tránsito entre invierno y verano, la obligatoriedad de la exposición.

Todo eso era violento. El cambio de estaciones ocurría de improviso y yo no podía desnudarme. Todas alrededor tenían en cuenta el horizonte del verano, parecían haberse preparado; sin embargo, con el calor de junio yo seguía siendo lo mismo que en diciembre: un animal que come con voracidad aquello que le ponen delante, un trozo de carne lánguido y amarillo, sembrado de poros y pelos oscuros. El campo negro y aceituno de una adolescente más ocupada en obtener placer mirando a las demás que en sostener una norma improbable en su propio cuerpo.

Para ellas parecía fácil. La ligereza, embutir los muslos en jeans con elastane. Despertarse antes para frotar el pelo cada día, aplicar una mascarilla, secar y planchar. Marcar el párpado con una sombra en distintos tonos. Peinar las cejas y rizar las pestañas. Meter en el ojo el cristal de una lentilla y conseguir lagrimar lo suficiente a lo largo del día para que los globos oculares no quedasen como uva en el desierto.

Las observaba y sus gestos, imaginados en mi propia carne, me dolían, pero a ellas no. Parecía natural su ser suaves, imberbes, con aroma a frambuesa y a plátano. Yo sospechaba de algo rancio en mi olor, pero no soportaba el aroma químico del desodorante todo el día pegado a la axila. Era el olor preceptivo, pero al aplicarlo su opacidad anulaba todos los matices de la piel y hasta del paisaje. No solo el sudor olía a desodorante, también lo hacía la ropa, el ambiente y hasta la comida.

Poder quedarme en casa varios días, no salir a la calle, era también descansar de ese olor y de las miradas de la gente. Confusamente y en privado, prefería el ácido y el agrio, cuando estaba sola sentía satisfacción con las reverberaciones de mi sexo y el aceite suave del cuero cabelludo.

Desde que he entrado en esta casa ha vuelto aquel nerviosismo adolescente, una incomodidad en mi propia carne que gana terreno a la otra versión de mí más calmada e independiente, esa que fue accesible tras dejar el instituto y entrar en la universidad.

*

Adelgazar era el truco para todo. Cada vez que me atraía una chica dejaba de comer. Perdía peso no para gustar, sino para no generar rechazo. Es la historia secreta de alguien que hoy se muestra segura, conoce los gestos de los cuerpos privilegiados, los repite fingiendo. Finge tanto que a veces olvida a la verdadera: esa deformidad insistente y ambiciosa que no ha encontrado forma de acallar su hambre.

*

¿Quién soy ahora en este cuarto, preguntándome por mi olor, por mi aliento, la forma en que la tela del pantalón dibuja la curva de la cadera en lugar de una pierna recta?

Durante mi adolescencia al primer día de playa acudía sola. Quitarme la ropa era como desenvolver una gran masa temblorosa, que podía desbordarse y cambiar muchas veces su volumen. Sola me quedaba bajo el sol durante horas, y hacía lo mismo los días siguientes. El calor parecía secar la textura de esa masa y volverla concreta, con límites justos. Al sol mi superficie se contraía y se fijaba. Un higo chumbo con los ojos irritados. Me ponía muy morena y en la piel oscura sentía menos miedo a la flacidez de mi propia materia reproduciéndose, mostrando hoyuelos y grietas. Después, hacia el final del verano, conseguida la piel prieta que oculta los detalles, podía unirme a las demás sin miedo a aplastarlas o a escandalizarlas con mi indefinición.

Por entonces sentía que mis límites cambiaban en cada espejo, nunca parecía el mismo cuerpo. Iba de susto en susto. Cuando me sentía ansiosa por haber ensanchado de imprevisto, aprendí a levantarme la ropa y fijar la vista justo en el ombligo, un punto de referencia más o menos estable. Tenía que mirarlo tres segundos, ni más ni menos, porque a partir del segundo cinco el vientre comenzaba ya a expandirse y deformarse. Entonces era importante mirar hacia fuera, estudiar con detenimiento el contorno de un árbol, una baldosa, una lámpara.

Hoy, cuando siento que la ansiedad se aproxima, utilizo un viejo truco: tomo la cámara fotográfica, enfoco, me concentro en el entorno.

*

Estoy sentada en el borde de la cama, siento el peso de una toalla de rizo sobre las rodillas. La categoría del espacio es «habitación sin bañera». Un cuarto organizado alrededor de una ausencia en el centro, cuya presencia lo lidera todo: el ánimo, la disposición del resto de muebles en el espacio. Pero el agua aún no llega aquí. Un par de agujeros en una pared desconchada.

La ausencia de bañera previene del gusto de que dos se bañen juntas. La habitación podría facilitar esos placeres. De algún modo enuncia una abundancia, pero no completa el gesto.

A la derecha de la cama un cuadro pequeño muestra una ilustración, copia de algún códice antiguo. Una mujer cabalgando sobre un dragón de siete cabezas, con un tocado de plumas y una copa alzada en la mano. Debajo, un título: *La Gran Ramera de Babilonia*, seguido de una pequeña descripción escrita a mano:

> Entonces llegó uno de los siete Ángeles que llevaban las siete copas y me habló: Ven, que te voy a mostrar la sabiduría de la célebre Ramera, que se sienta sobre grandes aguas. Con ella yacieron las reinas de la tierra, y se embriagaron con el vino de su amor.

He encontrado una imagen en la que descansar. Una imagen piadosa. Las cabezas del dragón sobre el que avanza la Ramera se parecen al perfil de la perra. El ojo saltón y abierto, la lengua pendiendo en jadeos cortos y rápidos. La dulzura de la escritora mientras la mira, preguntándole por su sed.

Un cansancio acumulado de días encuentra su camino. Me quedo dormida unos minutos, hasta que despierto con su voz llamándome desde la cocina.

*

La cocina es lo suficientemente grande para que entre una mesa cuadrada con dos sillas y un taburete de madera. El suelo en baldosa hidráulica muestra el damero blanco y azul donde me quedé atrapada al llegar. Ahora sin preguntar lo cruzo.

Tiene lugar la primera cena. Dentro de una gran cesta de esparto, una tela de cuadros rojos cubre una tortilla de patata que reposa sobre un plato de porcelana. El botín incluye dos bollos de pan y algunas servilletas de papel. Lo encargó para nuestra llegada en un bar cercano. «No creas que esto es algo que yo suelo comer. En un día cualquiera tomaría los huevos revueltos y un cuenco de sopa».

He de nombrar los objetos. Mirarlos de uno en uno y en relación entre sí. Los objetos son importantes para ella. Cada cual tiene una individualidad y un peso en el espacio. Son asideros. Están ahí para sujetar la mirada en ellos. Tal y como los dispone en las distintas estancias ejercen una especie de atracción, parece que actuaran como atrapasueños, sosteniendo y organizando las ideas, sirviendo de tamiz para el ánimo. Quizá, una vez los coloca de ese modo ritual, le protegen de los malos pensamientos. Frente a la tortilla, suave y circular, acariciada por el trapo a cuadros, no se puede pensar mal. No se puede entrar en un bucle ansioso frente a los bollos de pan, el montoncito de servilletas. El número en el que se agrupan los objetos importa. La misteriosa proporción guarda un conjuro.

Coge un cuchillito para partir en dos los bollos de espelta y con el mismo rebana un tomate y lo mima con aceite y unas escamas de sal. «Una cena simple», dice. «Cocinar o escribir, solo a veces ambas cosas. Cuando se dan en un mismo día es una gran noticia. Significa que una ha podido ser dueña de su tiempo». Pero hoy no ha escrito. Tampoco ayer. «Hay un problema con el tiempo. No basta cualquier tipo, sino uno que permita una atención especial. Tu llegada, por ejemplo, exige una preparación, aunque ese evento aislado no sería un problema. También aporta algo. Luego están los pequeños eventos rutinarios, eventos de desvío de la atención hacia un lugar donde el hilo de la escritura se pierde. El pensamiento creativo necesita errancia, vacío, hasta aburrimiento. El mundo se creó a sí mismo en un día aburrido, sí, sí».

Dice que la gente le manda mensajes por cualquier cosa. Que el móvil chupa sin compasión de la ubre que es su vida. Utiliza algunas palabras fuertes pronunciadas con muñeca estrecha, sin llegar a romper el ánimo y sin que nada a su alrededor se agite.

Intento grabar con el móvil sus manos apoyando en la mesa el cuchillito que antes abrió el pan. Ella interrumpe la acción agitando el cuchillo frente al móvil. Es un gesto excesivo, un poco torpe, que me hace reír.

—¿Perteneces a una secta antitecnología? —Lo digo sin pensar y de inmediato me arrepiento.

—No. Pero quita eso.

Queda dicho con seriedad. No con enfado. Es curioso también ese equilibrio.

*

Me abalanzo hacia un cuenco lleno de aceitunas que coloca en el centro de la mesa. Ella no las toca, y cuando pasa un rato, me decido a comerlas de dos en dos. La espera para comer siempre me produce una avalancha. Voy amontonando los huesos sobre una servilleta, procurando que desde su asiento no estén visibles, aunque lo consigo a medias. Me avergüenza el hueso roído con los restos de saliva y prisa, descansando sobre un objeto compartido. Me avergüenza también la forma en que el montoncito se convierte en una prueba de mi voracidad: si ella también comiese, aunque poco, su hambre y la mía se mezclarían en los restos. Quisiera ser capaz de parar antes de que se complete este autorretrato.

Con la boca llena la escucho hablar de la casa. He de saber que las ventanas no cierran bien y el cristal es muy delgado. Tal vez necesite tapones para dormir. El presupuesto para unas ventanas de madera nuevas resultó carísimo, y aún no encuentra en la zona un carpintero que se aventure a repararlas. Añadir una ventana metálica en este espacio sería un error imperdonable.

Es mucho trabajo sostener el interior de una casa vieja, cuidarla sin que deje de serlo, sin borrar su carácter. Un trabajo equivalente a la escritura, contemplativo, de composición. Dice que hace falta sentarse en cualquier esquina, poner a funcionar los sentidos, intentar comprender. Solo después de haber comprendido con lo sensorial se ha de intervenir. La intervención responde a una necesidad del cuerpo en el espacio físico o imaginario.

Come la porción de tortilla con un trocito de pan regado por el aceite, salpicado con la sal. Añade dos rodajas de tomate encima.

—Pero qué conversación tan aburrida para una recién llegada ¿no? Previsible por mi parte mencionar la escritura, cuando yo en realidad quería hablar contigo de lo que significa tener al fin una casa donde dormir, comer, excretar, mantener cierta calma. Un lugar donde caer muerta que no dependa del amor de los otros.

Hace una pausa, me entrega un silencio, como si yo tuviese que rellenarlo. No tengo ni idea de cómo continuar, hasta hace unos segundos estaba casi segura de que se trataba de un monólogo. La miro a los ojos y decido servirle un poco de agua. Me gusta mucho, hay algo en su cara que me da ganas de sostenerla con las manos y lamerle la boca. Tal vez me influyen las imágenes que leí en su libro. La protagonista era alguien cuya boca se abría con placer, avanzando un poquito la lengua, que quedaba relajada contra la cara interna del labio. A la protagonista le gustaba que le escupieran dentro, justo así, como la imagino ahora. ¿Qué le gusta a ella? Si escribe esas escenas, no le serán extrañas.

—Después de muchos años he conseguido llegar aquí, agazaparme, dejar mi olor por las esquinas y abrir un hueco amable para acoger a otras. Una casa que depende de mi amor solo.

De mi amor solo. Dormir, comer, excretar, mantener cierta calma. Igual que en las paredes de pintura rota, hay algo decadente en su forma de hablar. Las palabras que elige, la seriedad. En otro contexto pensaría que lo que dice está dislocado, fuera de lugar; o desfasado, fuera de tiempo. Pero soy yo quien entró en su tiempo y su espacio, forcé mi llegada y tendré que adaptarme.

Imagino su habla como una lancha ruinosa, de color coral y verde, atada en la entrada de un puerto pequeño, subiendo y bajando con las mareas. No estoy acostumbrada a que la gente hable de ese modo, si alguna amiga lo hiciera tal vez haría una broma imitando el gesto. O se me escaparía la risa.

Pero no quiero reírme ahora, prefiero la oportunidad de ser otra distinta mientras viva en este lugar. Quiero entenderla. No con los ojos, sino con la escucha. Con el tacto, cuando sea posible.

*

La primera noche soñaré con un caballo negro entrando en la habitación a paso muy lento. Me despertaré a las cinco y media de la madrugada con ganas de hacer pis, y tendré reparo en abandonar la cama y entrar en el aseo, a pesar de que está en la puerta de al lado. Avanzaré tanteando sin encender las luces, procurando no ser ruidosa, siéndolo en la torpeza del aletargamiento.

La perra, sorprendida por mi presencia, ladrará dos veces dos ladridos limpios desde la habitación de la escritora, al final del pasillo.

*

Amanezco con un olor fuerte a barniz, que viene del suelo. El olor ha interferido en mi descanso, porque cada músculo siente fatiga. Sin pensar, abro el correo electrónico en el móvil, buscando un e-mail de ella, como cada mañana antes de llegar. Por un momento imaginé que lo haría, continuar escribiéndome, entendiendo que de ese modo se da una comunicación más sincera. Por correo solía comenzar con un «Buenos días, bonita». ¿Qué ha dicho su voz después de habernos conocido? Nada. Ni una sola palabra dulce.

La había escuchado dirigida a mí una única vez, días antes de venir. Me sorprendió porque se parecía a la voz grabada de las entrevistas, pero no tanto. Por teléfono, según avanzaba la conversación, parecía volverse más aguda, más infantil. Fue deliciosa su voz en la distancia. Me dio un calor y un vuelco, como de salmones que saltan corriente arriba. La cadencia y la textura decía a mi cuerpo «ven aquí». No ofrecía direcciones complejas ni matices espaciales, eso daba igual. «Aquí» era un lugar concreto junto al vientre y la boca desde donde surgía el habla: ella me había llamado, es decir, me había elegido para hablarme.

En persona aún no sabemos pensar y posar los ojos sobre la otra a un mismo tiempo. Parece un gesto de indiscreción mirar de frente, encontrarle los detalles, los poros de la piel, la quebradura de las canas, más gruesas que el resto del cabello. Todo lo que no forma parte de su retrato público.

Pienso en su voz al teléfono y en su forma de mirar a la perra ofreciéndole agua. Se agacha de cuclillas en el suelo, pone la cara a la altura del morro y rodea la quijada con su mano. Las imágenes empiezan a ser muy concretas, un gesto de la boca al hablar, una forma de inquirir con los ojos buscando la sed del animal. Me engancho a las imágenes intentando ralentizarlas unos segundos hasta que recuperan el movimiento, se convierten en una sombra vaga. No enciendo la luz ni permito que comience el día. Busco debajo del pantalón de pijama, debajo de las bragas, un rincón estrecho para moverme. La boca ofrece agua, dice «Ven aquí».

Ahora es solo la voz. La arrincono contra la pared, me apoyo sobre ella, la estrujo. Ya no habla, se ocupa en respirar, se rompe.

*

Ayer, cuando terminó de cenar se retiró a la cama temprano y mientras lo hacía se me encogió el estómago. Espasmo de contracción, mi estómago en un puño un segundo antes de que una mujer desaparezca por la puerta del salón hacia su descanso.

El movimiento se parece a un espasmo interior que busca contraer el tiempo allá afuera para que el orden de las cosas responda a favor de mi deseo. Si mi estómago se cierra quizá logre que algo se pare en el ritmo de lo real, cediendo un tiempo extra para que ella cambie de opinión. Venga hacia mí, ponga en mí su ruta.

Era la primera cena y no bebió ni una sola copa de vino. Tampoco me ofreció nada más que una jarra de agua con hielo y lima, o un botellín de agua Vichy como alternativa. Agua y tortilla de patata. No puedo dejar de pensar que esa no es la cena que ofreces a alguien con quien te gustaría acostarte.

«¿Te apetecería una infusión?».

Fue su última propuesta. Más agua. Agua manchada de plantas. Agua sucia.

Incluso durmiendo sola yo hubiese necesitado un vaso de cerveza, algo de alcohol para relajar los nervios de la llegada y ahorrarme tal vez la noche larga, de trescientas vueltas y un despertar seco a las cinco y media, justo a la mitad de un sueño.

*

El suelo de la cocina, su alternancia de blanco y azul, sostiene la luz de la mañana.

Ha bajado a comprar un pan de nueces. Me lo dice con la melena despeinada y un pijama de seda varias tallas por encima de la suya. Lleva gafas de miope y hunde una cucharilla en un frasco de polen.

El vientre de una cuchara entrando entre los copos amarillos. El cuerpo ligeramente bronceado entre la seda. Los ojos lejanos y dormidos.

Siento el privilegio de poder mirarla en su cocina, una mañana cualquiera.

—¿Puedo sacarte una foto?

—Claro que no, gracias.

*

Algo va mal. ¿Algo va mal? Si mi razón para llegar a esta casa era tomar unos retratos mientras escribe su próximo libro, ¿cuál se supone que será mi función aquí sin poder usar la cámara? Y si no puedo tomar fotografías, y tampoco puedo tomarla a ella, ¿cómo voy a conseguir que me valore? No confío en lograr su cariño por el mero hecho de estar…

Otras quizá consigan el amor de los demás por el simple motivo de ocupar el espacio. Pero ese nunca ha sido mi caso. Para tener acceso a la pasión de las otras yo he tenido que trabajar… montar consciente todo un escenario donde de pronto mi nombre luce dentro de una narrativa que le da sustento. Siempre supe que, por mí misma, en bruto, no era suficiente. Para llegar donde algunas llegaban con ligereza, para conseguir la atención verdadera, yo necesitaba un logro, una personalidad construida.

Con la analógica, apuntando a mi madre, había descubierto algo de niña: la madre quería satisfacer a la lente como nunca habría querido satisfacer a la hija. Con la cámara entre nosotras, sujeta por mis manos, yo tenía un poder, el de la mirada. Mamá se colocaba frente a mí con nerviosismo, pidiendo consejo, y me era permitido entonces darle órdenes: baja la barbilla, sostén la taza entre las manos, una sonrisa, pero más relajada. Con el rostro oculto tras el ojo de cristal yo representaba por unos instantes el poder del juicio. Ella apretaba el vientre y se tocaba el pelo, me buscaba una y otra vez, necesitada de mí, de una palabra de confirmación: «¿Así bien, hija, te parece? ¿Cómo me ves así?».

*

«Claro que no, gracias».

Algo en su cortesía resulta forzado. Negarse y dar las gracias. No es, sin embargo, una provocación ni una ironía. La miro otra vez, arqueada hacia delante, parece que se esconde tras el brazo que sostiene un vaso con café. Oculta la cara.

Su cara no es perfecta. Tal vez no sepa que tampoco lo era en los retratos suyos que vi antes de llegar. Su irregularidad no es una sorpresa para mí. La oculta. La deseo.

*

Para salir de la incomodidad le cuento mi sueño. Un caballo negro y lento, sin cincha ni rienda, ni siquiera cabezal de establo, entraba en la habitación, los cascos contra el suelo de barro cocido.

«Yo he visto una escena similar. Una mujer y un caballo dentro de una casa vacía, más descascarillada y decadente que esta. *Unicornio*, era el título del film. Pero el animal no tenía cuerno sobre la frente. Se ha usado de muchas formas la palabra, también para designar a la tercera persona en una relación erótica, la que busca a la pareja».

35

Me levanto para calentar un poco más de leche de avena en el cacillo. Apretar el mando, girar hacia la izquierda y esperar el sonido del gas es un gesto nostálgico. Los fogones, sin embargo, son de nueva instalación. Esta no es la cocina de su abuela, ni la de su madre, tampoco la cocina de la madre o la abuela de otras.

—¿La que busca a la pareja?

—Sí, la que ama de a dos.

Me gustaría preguntarle, como si fuese una amiga, por sus experiencias. Pero su seriedad me previene.

*

Se desplaza con calma por los distintos espacios de interior, delimitando el territorio. La cocina queda separada del gran salón por una pared, pero no tiene puerta. El salón tiene cuatro ventanas que dan al jardín. Cada vez que mueve un objeto, lo vuelve a colocar de una forma determinada.

Esta mujer es también quien hace unos meses respondió afirmativamente el mensaje de una chica que escribió en sus redes sociales: «Quiero conocerte. ¿Es posible?».

Se hizo cargo, sostuvo de frente. No evitó el mensaje como ahora desvía la mirada. Inició una conversación y más adelante, en un correo, una mañana a las ocho y media, justo después de despertar, escribió: «Podría ser en mi casa, la segunda semana de septiembre».

*

Me comunica los planes de hoy. La naturaleza abierta y voluntaria de los planes del día. Prepara dos capazos. Antes de la playa tenemos que pasar por el mercado. Yo puedo decidir: acompañarla o quedarme.

El mercado es una construcción escondida entre otras casas de piedra. Se llega atravesando la plaza de la iglesia, al pie del castillo.

¿Es feliz ahora? Lo parece. Desde fuera veo a una persona agradable, muy pendiente de no incomodar a los demás. En cada puesto que paramos sonríe, da los buenos días. Va pidiendo y las tenderas, tras pesar los tomates, las setas y el queso, se acercan para meternos los productos directamente en los capazos. La carga aumenta, ella permite el acercamiento de esos cuerpos, agradece el gesto, lo considera natural.

Cada poco se gira hacia mí y pregunta:

—¿Te gusta?, ¿te apetece algo más? —Como no sé dar respuestas, insiste—: Alguna preferencia tendrás. —Luego vuelve a sus preocupaciones—: Y las flores, no nos olvidemos de las flores.

Las venden unas ancianas en una esquina del recinto, las guardan en cubos de colores llenos de agua, crecen en sus jardines.

—Matricaria para la cocina y clavel rosa palo para mi habitación. Para la tuya… aún no sé cuál va contigo, pero de momento hoja joven de eucalipto, en un frasco de barro, eso seguro.

—Y las flores que estaban cuando llegamos, ¿desde cuándo llevaban allí?

—Las dejó Greta, dormía en casa mientras yo trabajaba en Barcelona.

Quiero preguntar quién es Greta, pero no me siento capaz de hacerlo. Algo hermético en su forma de expresarse me lo impide. Pienso que ella misma debería habérmelo explicado, después de dejar caer su nombre varias veces. Greta, mi pareja. Greta, mi mejor amiga. ¿Su amante? Tal vez nunca diría «Greta, mi amante» porque la frase suena a sexo y a intimidad.

Greta, alguien que duerme sola en mi cuarto, con la casa vacía, y se va antes de que nosotras lleguemos. Que nos deja flores. Que las deja aun sabiendo que voy a llegar.

*

Guardamos la compra y bajamos juntas por el Camí dels Munts hacia la playa, sin cruzarnos más que a una chica de pelo largo y chaqueta a cuadros. Le acompaña un teckel diminuto y negro que rompe a ladrar cuando pasa junto a la perra. Aunque va con correa, el teckel se lanza ofuscado para marcar con ladridos.

La perra camina suelta y, sin inmutarse, vuelve el rostro hacia el lado contrario al ladrido, donde está la rodilla de la escritora, asomando bajo un vestido de algodón blanco con tirantes anchos y botones centrales forrados. La temperatura es amable en la mañana, mucho más que en Barcelona, y se agita un viento fresco según nos vamos acercando a la costa. Bajo el impacto directo del sol, no obstante, comienzo a inquietarme. Voy muy pegada a los cipreses, que apenas proyectan sombra.

Su ropa es ligera, está pensada para formar parte del escenario. Mi ropa sin embargo parece un pegote en la fotografía. Visto de azul marino, pantalones chinos algo gruesos y camisa de manga larga. Los zapatos cerrados y oscuros, cogiendo polvo. Solo las gafas de sol me protegen, grandes y rectangulares, de montura pesada. Pronto rompo a sudar, siento la humedad en las axilas atrapada bajo la tela. Si me quedo aquí más de una semana voy a necesitar encontrar solución para esto. Iré a comprar en un momento en que ella no cuente conmigo.

Hay algo agotador en las primeras veces. Esta ansiedad por tener que controlarlo todo.

*

Al final del camino aparece el mar, con estrellitas de luz sobre su superficie. «Esa es la visión», dice. «¿Cuántas veces podemos emocionarnos al anunciarse el Mediterráneo al final de un camino? Todas las veces».

Acorto mis pasos para conseguir que pase delante de mí, y cuando la distancia es suficiente, tomo una fotografía del mar con ella de espaldas. Llevo una analógica antigua, no corre el carrete de forma automática y el sonido del obturador al disparar es casi imperceptible.

*

Comento que la playa resulta estrecha de un modo inquietante. Me lleva hasta la fachada rota de una casa enraizada en la arena, es su restaurante favorito, el Voramar. Dice que hace tan solo un año no estaba así. La marea le arrancó una parte. Se llevó la puerta de la entrada y ahogó con sal los agaves de las jardineras.

—Poca gente está intentando incluir en la imaginación de su futuro los efectos materiales del cambio climático. Si todo cambia tan rápido como desapareció este fragmento de playa, si un día la marea se lleva los espacios de mi recuerdo, no seré capaz de acostumbrarme. Yo soy lenta ¿sabes? Me gustan los caracoles, los cangrejos ermitaños. Este mar me gusta porque no tiene las corrientes del norte, es distinto al mar oscuro del Cantábrico, donde nací. Ahora siempre puedo nadar tranquila a ranita, con la cabeza fuera del agua. Incluso cuando buceo lo hago lento y poco profundo. Odio que me metan prisa, creo que escribo para no tener que ir con prisa por las mañanas, de camino a la oficina. Para no tener oficina, y que mi trabajo no se parezca al trabajo.

Le digo que en la fotografía también se puede ser lento, pero hay que estar un poco quieta delante de la cámara para que la luz te capte.

—¿Me estás intentando convencer de algo?

—No, hablo de la posibilidad de belleza en la complicidad. En dejar hacer a ese deseo de retratar la intimidad.

—Y cuando consigas mis retratos, ¿a quién me venderás?

—Los utilizaré para buscarte marido. Mandaré tu foto a otros países y te mostraré a potenciales esposos. Como en la película *Retrato de una mujer en llamas*.

—Ja, ja, fíjate, no sé si es muy buena esa iniciativa. Lo que ahora tienes delante, si no lo compartes, está siendo solo tuyo. ¿No te gusta la idea?

Su imagen me emociona tanto que en realidad no soportaría que mis fotografías no fueran capaces de reflejarlo. Siempre existe la posibilidad de que algo fundamental sea arrebatado para siempre. La imagen estática a veces revela formas que a un cuerpo enamorado le son completamente ajenas.

La mirada del deseo mira tanto que no ve, suspende el juicio porque ve a través de la fantasía; lo alucinado. Solo en la mirada del deseo siento una experiencia estética plena.

*

La suya, una desnudez tan cómoda, de braguita con escote. Muy baja, muy por debajo del ombligo. Parece depilada, pero fijándome mejor veo el vello sobresaliendo por las ingles. Pelo fino y rubio, no es difícil ir sin depilar cuando es así.

Estamos saliendo del verano. El sol resquema la piel, pero la temperatura ambiente no es alta. Pienso que este año ni siquiera he vivido el verano. Estaba en casa, con el aire, frente al ordenador. Bebiendo cerveza en el balcón por la noche con mi pequeña familia cuir. Algún día paseamos por el campo y salimos al río. Descubrimos nuestros vientres en un paisaje sin extraños que nos devolviesen la mirada. La Barceloneta en agosto era el after de una fiesta hetero. La proporción calculada de los cuerpos no podía de ningún modo representar al común de los mortales. El común de los mortales esconde sus muslos bajo el aire acondicionado en la oficina, o los moja en ríos donde poder reposar en paz, jugar con las amigas.

Pero el margen siempre recuerda la norma. No es algo que de pronto un día olvidemos para siempre. Con culpables o sin ellos, siempre hay personas, escenarios que nos la recuerdan.

*

No sé bien qué pienso yo de la escritora, qué pensaba cuando fui a hacerme la cera antes de venir a conocerla. Dolió moderadamente, no era la primera ni la segunda vez. Aunque al mirar mis axilas desnudas me sentí ridícula, no me sobraba autoestima para exponerme a causar aversión por un detalle que estaba bajo mi control. Es verdad, así somos las disidentes: libres. Libres de valorar cuándo una mata de pelo bajo el brazo pesa demasiado, ocupa demasiado. Libres de sacarla del escenario cuando toca una excursión con una mujer desconocida. Y libres sobre todo de, después del affaire con la norma, volver a casa con lxs amigxs. Esperar a que el pelo vuelva a crecer aceptando el consejo de no volver a obsesionarnos con alguien cuya presencia nos produce ansiedad.

Mira a tu alrededor, me digo. Olvida tu cuerpo y el suyo. Fíjate, por ejemplo, en el final de la playa donde en lo alto reposa el castillo de Tamarit. Fíjate en los pequeños catamaranes y en el *patí catalá* que dormita en la arena, frente al club marítimo.

Sus piernas están también cubiertas de vello. La piel hidratada, tranquila. Las mías, sin embargo, se enrojecen irritadas por la entrada de la sal en el poro abierto. Busco con dificultad una posición en la toalla al salir del agua. Ella, aparentemente tranquila, lee boca abajo. Los culos son magníficos en esa posición. Prácticamente todos, aunque seguramente el mío no. Cuando aumenta la ansiedad por mi imagen corporal, ya no es posible sentir deseo. Sin duda puede más el miedo que suscita mi delirio de monstruo que la imagen preciosa de su culo.

Sé que soy injusta. Me siento imbécil por haberla reducido a una especie de prototipo de mujer femenina que me causa a la vez angustia y ganas de tenerla cerca.

*

Para no volver a ser la adolescente asustada de su propia carne intento recordarme después, como amante. Sentirme deseada por primera vez rompió el conjuro. Estar en la cama por primera vez con una chica a la que no solo yo miraba como si fuese la reina de los mares, todo el jade de Japón. Reconocer en la mirada de la otra un hambre parecida a la mía, ser inmovilizada por su avance sobre mí, por su búsqueda sobre mí. Pude comprender que tal vez eso era lo femenino, se trataba solo de una postura en el deseo: esperar a que la otra proyecte una fantasía de curvas y porosidad y luego ofrecérsela. Lo femenino no era más que una actitud de bienvenida ante un deseo ajeno por el que sentir compasión, ternura, ganas.

Hasta que la conocí a ella, capaz de curvarme y de moverme, había evitado cualquier gesto que recordase a la feminidad. Yo quería ser apetito, mirada y acción. Nunca objeto. Pero la pasividad también me gustaba. Era el descubrimiento. Una pasividad atenta, enérgica, capaz de transformarse y transformarlo todo. Las dos pasivas y activas, follando y folladas. Echo mucho de menos mi cuerpo de aquellos días. La satisfacción.

*

Ser objeto de mirada en este mundo es estar expuesta al riesgo de despertar deseo, asco o rechazo. Si es deseo lo que despertamos, aunque nos dé un subidón inmediato, ¿no sale demasiado caro aceptar el privilegio cuando su reverso nos espera en cualquier parte? La misma mirada que nos eligió, un segundo antes o uno después, con la misma pasión, nos descarta.

Podría descubrirme sobre la arena, mostrar las piernas completas, ser carne completa y expuesta en un solo movimiento. Estar tranquila al alcance de la vista, si ella primero me diese una señal, una sola señal de ternura.

¿No fue ella quien lo escribió? Tres líneas que subrayé en su libro:

> La ternura nos predispone a valorar lo que hay frente a los ojos. Suspende las leyes de comercio, se fascina con la diferencia de lo que le es íntimo. Lo amado inaugura un canon propio.

Quiero más. Ser elegida.

*

Agitamos los zapatos a la entrada de la casa. Sacudimos las toallas porque no ha de entrar arena. Es divertida su cara de esfuerzo al mover los brazos. Nos duchamos a la vez, en dos baños distintos.

Me propone salir a tomar algo a una terraza. Dice que, si me parece bien, podemos llevar un libro, para leer un rato.

—¿Para leer juntas, sentadas ahí?

—Sí.

—No he traído ningún libro que me apetezca ahora.

—En ese caso puedes elegir uno de los míos.

Apoya la mano en mi espalda, entre los omóplatos, y me dirige suavecito hacia la librería del salón. Un olor a talco y a higos toma en oleada la parte alta de mi nariz. Su empuje es sutil mientras espero a que la orden se extienda en el tiempo, añada complejidades, pida más.

—Cuando te leas todos estos, puedes empezar con los de mi habitación.

*

—En la fotografía donde acariciabas un abejorro acurrucado contra tu palma, ¿estaba muerto o moribundo?

—Estaba vivo y coleando, pasó mucho rato conmigo y después de un acercamiento muy progresivo me dejó acariciarlo. Luego me distraje por un tiempo, pensé que ya se había ido, pero noté un zumbido demasiado cerca, debajo de la camiseta. ¡Ahí estaba! ¡A punto de ser aplastado! Luego levanté la camiseta para abrirle el paso y echó a volar.

—¿No pensaste que el abejorro pudiese ser tu madre?

—Normalmente mi madre es un petirrojo. Antes aparecía a menudo sobre ese árbol, pero hace tiempo que no.

—Cuando murió mi madre se me cruzó la idea de que ella era los mosquitos que aparecían en la habitación de noche. Oí que nos pican las hembras que van a criar. Por si acaso eran mamá me dejaba sacar sangre por ellas. No he vuelto a matar uno.

—Te entregas.

—Es raro cómo aceptamos esa necesidad que tienen las madres de beber la sangre de una. Hasta nos parece justo.

—Tal vez es justo. Permanecemos demasiado cerca demasiado tiempo. Tomamos de ellas demasiado, y después, cuando estamos listas para irnos, las abandonamos con una sed voraz, sanguinaria.

—Dan mucho miedo las madres, ¿verdad?

—Como la pasión después de un tiempo. La pasión de cualquier tipo. Para no dar miedo, no ha de durar.

Somos dos hijas de una madre muerta. Tal vez sea ese punto en común lo que está buscando. Lo que me hace interesante para ella.

*

He encontrado el desayuno puesto en la mesa de la cocina. Un juego de plato, cubiertos y servilleta de tela. Una taza, un vaso y el jarro de agua con hojas de menta fresca. Hay arándanos, sal, una aceitera, un aguacate pequeño. En su lado de la mesa casi nada, un cuenco manchado de verde en el fondo y el libro *Elogio del riesgo*, de Anne Dufourmantelle. He visto este libro posado sobre diferentes superficies en los últimos días.

La casa está en silencio, la puerta de su habitación, cerrada, y la perra toma el sol en el jardín, junto a la fachada principal. Los restos de té parecen un mensaje no tan subliminal que invita a que no la espere.

Fotografío la escena con una pequeña Pentax que compré en Los Encantes. El resultado será suave gracias a la luz que entra por la ventana.

Tomo el libro y dejo que se abra por una página, luego otra, y otra, página 133:

La fragmentación interior a la cual nos enfrenta la soledad, cuando la angustia ataca nuestra misma posibilidad de estar en el mundo, no es fácilmente remisible. [...] Entrar en familiaridad con cierta soledad es también aceptar que los lazos por los cuales creíamos ser sostenidos sean decepcionantes y entonces correr el riesgo de permanecer junto a nosotros mismos como con un amigo desconocido, muy suavemente, como cuando uno entra en convalecencia.

Salgo al jardín y continúo leyendo sentada en la hierba, junto a la perra. Acepta mi compañía sin vacilar, pero si extiendo la mano hacia ella, retira la cabeza. Una hora, dos, silencio. Vuelvo un rato a la habitación, dos horas más, tres. Siento hambre y al acercarme a la cocina encuentro de nuevo la mesa puesta: plato hondo y una cazuela con un guiso de lentejas, verdura y patatas.

¿Cuándo ha cocinado?

Como. Hago tiempo en la cocina para ver si nos cruzamos. Oigo la puerta del baño, las patas de la perra recorriendo el pasillo, la puerta de la habitación que se cierra tras ellas dos. Paso el día de vacío.

Intento editar fotos, aunque difícilmente puedo concentrarme. Estoy alerta, espero a que ocurra algo. ¿El qué? Un par de palabras, una frase con mi nombre o con una propuesta.

*

Ocurre al atardecer, nos cruzamos en un punto intermedio entre su habitación y la mía. Tartamudea, la cara somnolienta y aturdida, como si no esperase mi presencia allí y yo la hubiese sacado de algún tipo de intimidad.

Un paseo con la puesta de sol. Después, una película al aire libre. Propone.

Marchamos caminando juntas, le cuesta hablar.

No sé bien compartir tanta intimidad con un cuerpo que no muestra señales de querer estar más cerca. Esta tensión podría disolverse con una huida por parte de cualquiera de las dos. Tal vez debería ser yo. Solamente yo no estoy en casa.

*

Pruebo a preguntar. El silencio después de la distancia del día me pone nerviosa:

—¿Hay alguna cosa que te gustaría? Que no tengas, y te gustaría.

—Volver a vivir con una yegua. Si el jardín fuese lo suficientemente grande para que fuera feliz… Tendría que estar segura de que no voy a viajar tanto. La perra puede venir a veces, si me llevan en coche. También hace recorridos no muy largos en tren. Viajar con una yegua es más complicado.

—Porque viajan de pie los caballos…

—Sí, en esos remolques… Algunos son estables, están bien. Otros son una absoluta porquería. Inestables, estrechos. Imagínate cómo irán dentro, con el ruido, el calor y el movimiento. Son animales muy sensibles, se vuelven resistentes a base de violencia, cuando no les queda más remedio que adaptarse y por repetición. No todos se adaptan, claro. Algunos mueren. Esa es la propuesta del «amor» humano hacia los animales: adáptate a mi ley o muere.

—…

—La ley de un solo criterio y un solo lenguaje posible: el nuestro. O el suyo, debería decir. Yo ya no estoy tanto del lado de los humanos.

—Conocí a una artista que pintaba siluetas de caballos con alas en tinta negra sobre papel reutilizado. Decía que los caballos eran ángeles.

—¿Era bella?

—¿Quién? ¿La artista?

—Sí.

—Imagino. Es una idea acertada esa. Muy acertada. La inteligencia vigorosa y frágil. También inocente, como entre dos mundos…

caballos y ángeles. Los caballos deberían ser contemplados siempre con asombro, como una visión. Qué clase de idiota guardaría ángeles en los establos.

Volví a un recuerdo de la infancia. Los coches de caballos esperando en el sur de España a los turistas. Visión de hombres pesados que los dirigían con una fusta larga. Una bolsa debajo de la cola que les sujetaba las heces durante el camino.

—En la semana de los patios habíamos ido a Córdoba, mi padre, mi madre, mi hermano mayor y yo. Yo tendría seis años. Era la primera vez que subía y tenía muchas ganas. Mi padre eligió un carro muy ornamentando del que tiraba un solo caballo blanco. Su conductor era alguien con una gran barriga bajo la camisa tirante. Nos subimos los cuatro. En el camino me percaté de la respiración jadeante del animal y del sudor en los cuartos traseros. El movimiento, esforzado. De pronto me di cuenta: éramos cinco cuerpos y un carro arrastrados por un cuerpo solo. Rompí a llorar, quería bajarme de allí y mis padres me animaban para seguir hasta el final de la ruta en el Alcázar de los Reyes Cristianos. Pero no podía soportarlo.

—¿Y qué hiciste?

—Fingí mareo. Con la posición del cuello forcé la garganta para imitar la convulsión de una arcada. Al final me la provoqué y acabé vomitando encima de los asientos de cuero. El conductor paró de inmediato, entre gritos. La papilla era rojiza o anaranjada. Había comido mucho salmorejo en el almuerzo.

—¿Te gusta el salmorejo? Fuiste una niña maravillosa.

La satisfacción en su cara al contarle la historia. Los ojos brillantes y la sonrisa abierta. Nuestra conversación es extraña, fragmentaria y suspendida. Llena de imágenes. Lo más parecido a una conversación así que conozco son esos momentos con dos o tres copas de vino, a solas con alguien a quien vas a besar por primera vez.

*

Sus ojos miel, abultados bajo el párpado, están más fuera que dentro del rostro. La nariz recta, la boca de labios finos. Pienso que hay algo en esa cara que la predispone a un tipo de placer enrevesado, de difícil acceso y gran intensidad.

El gozo y el tiempo. Parecida a la narradora en su libro, el acceso sería difícil, la entrega, contradictoria y la pasión, una tan fuerte que la deja rota.

Tal vez lo que yo puedo darle la dejaría exhausta, rota no.

Y una puede con cierta facilidad recuperarse del cansancio. Es un riesgo asumible.

*

Subimos la cuesta hasta el castillo, haciendo tiempo antes de que comience la película. Señala hacia un letrero de cerámica con un gesto teatral, exagerando solemnidad. Lee en voz alta, poniendo la voz con la que los mensajeros de las películas leen a los reyes, después de haber recorrido un larguísimo camino…

«*Altafulla: poble petit però bonic de la costa Daurada. Amb vestigis romans i medievals. Bona gent, sensibilitat i ànsies culturals.* ¿Qué vamos a hacer tú y yo con todas estas *ànsies culturals*, niña fotógrafa? Dime».

*

Vemos *El agua* en una pantalla de cine montada en la plaza de la iglesia. Antes de comenzar la película algunas personas la saludan y ella me presenta pronunciando mi nombre. Siento placer al escucharlo en su voz. Un placer que viene al descubrir algo azaroso, casi inaudito: que mi nombre y su voz se juntan. Eso es posible. También mi codo y el suyo, sentadas cerca en dos sillas de madera plegables. Es noche cerrada ya y estamos mirando juntas hacia una pantalla, con vecinas custodiando a los lados. La del local de arreglos de ropa y la de la academia de inglés para niños. Nada más salir los créditos empiezan a comentar la película, hablan la una con la otra pasándonos por encima con la voz.

Luego «Adiós, adiós, ha estado de lo más bonito», «Ya podían grabar algo así por aquí», «Adiós, adiós».

Participa en la conversación, pero a la vez parece tímida. Su voz suena mucho más bajita que la de las vecinas. El inicio de cada frase difícilmente se oye. Un rasguñar de papeles que va tomando consistencia a medida que las otras callan y acercan un poco la cabeza para oír mejor.

*

A solas ya, me lleva hasta la puerta de un restaurante. Me dirijo hacia dentro, pensando que es el sitio que ha elegido para que cenemos.

«Aquí te tratarán bien», dice. «Yo tengo que irme».

Su libertad, su calma, en la frente como un golpe. Es horrible sentirme de este modo.

¿Ella, dicen, es la autora contemporánea que mejor ha representado la realidad de la pasión? Ha escrito todas esas escenas con las que se masturban cuerpos de varias generaciones. Esa es la mujer con la que vivo y que ahora prefiere pasar horas tumbada en el sofá abrazando a su perra que acostarse conmigo. Que no comparte casi nada sobre su pasado, como si no tuviese nada que contar o si volviese traumatizada de un conflicto, habiendo borrado todos los nombres.

Ceno sola, entro en casa haciendo ruido, cierro de golpe el portón azul, no digo nada a la perra, me acuesto sin lavarme los dientes.

*

No elegimos las primeras imágenes que capturan nuestro deseo.

Nos son impuestas: por azar, por poder o por norma.

Quiero entrarle muy fuerte, no para ostentar momentáneamente un poder que en realidad no tengo, sino para demostrar mi utilidad, mi relevancia aquí y ahora, la promesa de que seré capaz de hacerle sentir lo que aún no imagina. Dar oportunidad para que la combinación única de nuestros cuerpos produzca cosas nuevas. Imposibles de prever todavía.

Sin que ella esté, para llevarme la contraria o ser mi cómplice, yo imagino. Y la imagino como quiero, el encaje mojado bajo mis yemas que recorren las formas bordadas del hilo. Elijo imaginarla húmeda porque es explícito, puedo representarlo con palabras, parece apuntar a un deseo, el suyo por mí.

Quiero entrar fuerte dentro de ella, quedarme dentro de ella muchas horas, casi sin tregua. Para eso hay que evitar la fricción que acaba generando una quemadura en la carne. ¿Cómo vamos a hacerlo? Aguantar, que lo material aguante lo mismo que demanda la fantasía. Fantaseamos con cuerpos que no se agotan y se escinden en el sueño separado, brazos de músculos cuyo envite no decae, sexos lo suficientemente sensibles para estremecerse y lo suficientemente fuertes para no doler, no dañarse.

Imagino: su cuerpo se sujeta sobre las palmas y las rodillas en la superficie mullida de la cama. El antiguo imperio, la historia de los hombres nunca imaginó un cuerpo como el mío colocado detrás de uno como el suyo, con la mano izquierda sosteniendo su cadera izquierda y la derecha acariciándole por encima de las bragas.

La caricia insistente, hasta que ella comienza a desesperarse y me busca desplazándose hacia atrás.

Una mano pierde la firmeza solo cuando quiere. Puede cansarse, eso sí, pero si ella pide más sé que olvidaré el cansancio y el dolor. Este rasgo define mi deseo: puedo desaparecer en ella. Muy atenta a todos sus gestos. Sus sonidos.

Tan concentrada, follándola, casi no existo. Dejo de existir hasta el momento en que, todavía en cuatro, gira su cara hacia atrás y me mira. En esa mirada, abatida por el placer y dura al mismo tiempo, me devuelve algo así como la identidad, el sentido de poseer una vida más allá de lo que su nombre y su cuerpo requieren de mí.

—Métemela con cuidado ahora. Métemela lento.

La expresión de sus ojos con curiosidad y cierto cansancio. Quiere sentirla entera, por eso nombra la lentitud. Obedezco.

Después de un rato mi mano izquierda baja desde su cadera hasta la carne dura entre las piernas. Mi mano sabe, inicia una caricia circular y ofuscada mientras la derecha empuja y sus muslos rebotan un poquito. Insisto acariciando en círculos, recogemos juntas el arranque para que no se despiste, no se pierda.

Después el primer latigazo.

Me estalla entre los dedos: lo perseguía, lo reconozco.

*

Ahora me corro pensando en el momento… Un detalle que, como toda la escena, he inventado: en el orgasmo se le doblan las rodillas y la escritora pierde la postura.

Cae sobre el colchón y mi brazo queda aplastado bajo su vientre.

Imagino ese concretísimo gesto para poder correrme.

¿Qué dice de mí? ¿Qué dicen de nosotras las imágenes que nos desatan?

*

Sueño con tener la boca llena, es la dulzura.

*

Tres de la mañana. Despierto con incomodidad pero sin nerviosismo. Demasiado calor, seguramente, pues estoy envuelta en la sábana que se me ha adherido. Entre las contraventanas se filtra una lengua de luz nocturna, luna creciente, rebota contra el jardín, pasa por la ranura y llega a la puerta de la habitación, que dejé un poquito abierta.

Apoyada en el suelo está la cabeza de la perra, que se humedece el hocico con la lengua. Me ha visto abrir los ojos. Nos miramos con conciencia la una de la otra. Luego se levanta y se va.

Giro a un lado, a otro, busco una posición que no soy capaz de encontrar. Pasa una hora. Dos. Tomo el móvil, reviso el correo, luego Instagram. Contesto el mensaje de una chica a la que no conozco. Dice que le gustan mis retratos en estancias interiores. Lo pienso.

No lo pienso después: «Estoy en la costa, al lado de Torredembarra, si uno de estos días te apetece y te acercas, puedo tomarte alguna fotografía».

Estoy mirando hacia fuera. Para conservar la salud. Miro hacia fuera porque tal vez un deseo que no materializará me está robando ya la capacidad de ver. Ver más allá del túnel que enmarca a la escritora, su casa, su mundo.

Es mi tercera noche. Soy consciente de la velocidad, de la impaciencia. Podría marcharme mañana, llena de rabia, darlo todo por perdido.

Pero ¿quién es capaz de ser paciente? Paciente como ejercicio, paciente cuando impacientas. Podría esperar con ilusión el avance hacia el momento de hacer cosas concretas con ella, pero no puedo seguir con la duda de si ella desea realmente que yo esté aquí.

3

Un mensaje de texto suyo solía dar más placer que esta realidad incómoda del cuerpo. Era más cercano que esta cercanía. Cuando la otra nos escribe imaginamos a alguien capaz de pronunciar lo mismo hablándonos muy cerca, con la voz viva y la piel de la rodilla atenta a nuestra mano.

Para entender mejor por qué estoy aquí necesito ir atrás, abrir el correo, leer los mensajes una y otra vez, atender al detalle con minuciosidad científica. Quiero rescatar alguna connotación perdida, encontrar una clave, una pista:

3 de agosto

Pienso que tú sabes algo de las imágenes que yo no sé. Conoces una forma brutal de relacionarte con ellas. ¿Cómo eres capaz de trabajar retratando a todas esas chicas jóvenes, servir a los intereses de las marcas y no mirar con violencia? Tal vez ese lugar arrogante del disparo, detrás de una saetera, sea una especie de tentación a la que a veces puedes resistirte… y otras no. ¿Dónde sitúas los límites? ¿Alguna vez alguien se ha entregado a ti porque le devolviste una imagen de sí misma a la que no se pudo resistir? Y al revés, ¿has sido incompetente queriendo retratar la belleza de alguna tal y como la percibieron tus ojos desnudos?

Quisiera saber más. En el email anterior contabas que trabajas con digital, pero tus imágenes privadas las tiras con carrete. ¿Por qué? Te voy haciendo estas preguntas dando casi por sentado que no te entretendrás en la respuesta como a mí me gustaría. Casi nunca contestas más que una frase simple cuando yo sugiero oscuridades que podrían tomar tanto tiempo en hablarse… Tal vez me gusta demasiado indagar, pero te tendré paciencia.

Hace mucho calor, te juro, la perra anda apática y yo ando lenta. No he hecho la compra y se avecina un domingo con un paquete de almendras, un bote de caldo y la despensa vacía.

*

Un día, alguien a quien yo busco me elige también para sostener la intimidad de una conversación que se vuelve rutinaria, aunque ocupa las esquinas del día, la mañana, la noche. Nuestra comunicación en distancia acompaña las acciones que sí ocurren; el supermercado, el trabajo, la cita con las amigas. Está presente todo el rato, pero como fantasma.

Su voz es el texto que se vierte en un chat de Instagram, que llega a Whatsapp, y cuando se agrava y apela al deseo, termina por protegerse con contraseña del encuentro con una mirada externa. Conocidos y ocupados todos estos medios, comienza a componer largos correos. Correos que aún no prometen nada, describen situaciones:

Esta mañana pensé que sería tan bonito poder estar compartiendo el desayuno…, llegó el correo y en él el libro sobre fotografía de Hervé Guibert que me recomendaste, un objeto de color azul que ahora está sobre la mesa del comedor y de pronto parece el centro de la casa. Como tú, antes de tu visita.

La promesa queda contenida en los detalles que señalan emociones. En los gestos de atención, de preferencia.

El intercambio de palabras, nuestra abundancia, significa que a otras con las que sí compartimos el día a día les dejará de llegar información. ¿Cómo contar a alguien más lo que está ocurriendo en una realidad paralela donde todo queda registrado, pero en un tono más sabroso que en las conversaciones convencionales? Progresivamente adelgazamos el habla que les correspondería a las otras mientras una voz interior va ensanchando, va volviéndose más y más protagonista. Muy pronto ella me da una seguridad: la de siempre recibir un siguiente mensaje.

Una escritora que ocupa su tiempo en escribir correos electrónicos a una joven a quien nunca ha visto. Esa joven soy yo. Ahora, aquí, no era este el tratamiento que esperaba. Su cuerpo sin emoción especial, sin arrebato. ¿No estaba destinada a otro modo de la atención, a ser la favorita?

Porque su lenguaje desborda, imaginé un cuerpo capaz de entregarse. Pensé que volcaría hacia mí, estando presente, el mismo aprecio que ponía en las palabras que me dirigió.

Tal vez en persona no le he resultado agradable, mucho menos interesante. No encuentra el atractivo que sí estaba en mis fotos. Sé cómo retratarme, es una ventaja que, a la larga, puede resultar bastante desafortunada.

*

Me dice que esta noche dará una cena para unas pocas amigas. Algunas vienen de la ciudad y han reservado varias habitaciones en el hotel Yola, cerca de la playa. Quieren quedarse a dormir y no conducir de regreso.

Llega muy cargada del mercado. En la cocina le ayudo a descargar los capazos llenos. Ya sé dónde colocar la avena, los huevos, la fruta. Puedo complementar sus movimientos, eso me hace sentir bien.

Cocemos garbanzos en una olla a presión y preparamos un gran cuscús de verduras. La habitación se llena con el olor a la zanahoria cocida. Un olor que me resulta bastante desagradable y que a ella tampoco le gusta, por eso enciende el extractor, abre puertas y ventanas. «Qué bonito las visitas ¿no? Pero también qué agobio de preparación. Y mira que hay confianza».

Lavamos tomates, picamos albahaca.

«Como dos compañeras de piso», un gesto de barbilla que se eleva y cae, con cierta emoción. «Echaba de menos poder convivir con alguien. Libremente, cada una a lo suyo. Por lo que conozco de antes, es mejor así».

Me sorprende que pueda pensar que existe en esta casa algo así como un «lo mío» que colocar al lado de un «lo suyo».

Una razón de estar que no venga atravesada por mi deseo hacia ella.

*

Suena el teléfono y anuncia su llegada en apenas diez minutos. En mi estómago la intranquilidad, pero también las ganas. Descubrir las nuevas facciones detrás del nombre, algo que llevo tiempo necesitando con urgencia. Urgente evaluar qué tiene esa cara, por qué esa palabra en todas partes, como si en la vida de la escritora solo existiese una persona con nombre propio. ¿Mencionó acaso el de su madre, el de su abuela? Greta, Greta, Greta.

Greta es un cuerpo cubierto por ropa de muchos colores. Una camiseta corta rosa y naranja. Jeans azulito claro. No importa su edad, tiene el cuerpo de esas personas que parecen adolescentes durante mucho tiempo. Ojos negro jarabe y media melena castaña, con flequillo. Un lunar oscuro y redondo en la barbilla. Una formidable sonrisa de dientes grandes y desordenados. Porque a mí me gusta, porque su imagen me captura, pienso que a la escritora también le ha de gustar.

Va ligera, como si la vida no le costase.

*

Dos mujeres de gafas redondas y pelo corto recorren las habitaciones rastreando las paredes.

—Hay cosas nuevas —dicen—. Objetos que no conocíamos, no estaban en la casa donde vivíais juntas.

¿Juntas? ¿A quiénes se están refiriendo?

—Antes de esta hubo otra casa —dice Greta a media voz—. Una casa seria y algo inaccesible, de pareja. Ella estuvo en una relación larga antes de mudarse aquí y dedicarse a acogernos todo el tiempo a todas. Técnicamente, estaba más desocupada cuando tenía a una sola novia a quien cuidar, ¿verdad?

—De aquel lugar traje poca cosa. Los espejos de mi madre y un escritorio. No necesitaba nada, ya tenía mi drama y una cachorra.

Se lo dice a la perra, que redondea los ojos como canicas al escucharla. Al terminar la frase me mira:

—Eso no te lo había explicado bien: cambié quince años de relación por una casa con ventanas de papel y un cachorro mestizo. Dos realidades con las que ella nunca hubiese querido convivir.

Dice que ya escribió sobre esa historia en la novela que leí.

Que una vez se le dan las suficientes agotadoras vueltas a un asunto que nos angustia este comienza a perder interés. Que el aburrimiento es una parte fundamental del proceso terapéutico. Que las suficientes vueltas agotadoras son muchísimas vueltas y que como su abuela repetía siempre «la paciencia es la madre de todas las ciencias». Que esa es una verdad simple.

Pero la parte de la separación no fue la que me interesó a mí en su novela, de hecho, me interesó tan poco que casi no la recuerdo. Me enganchó lo de después, por afinidad y al mismo tiempo por lejanía. La madre que muere y su hija ausente, que por miedo a enfrentar la realidad es incapaz de acompañarla. Un joven estudiante de manos fuertes con el que se encuentra la mujer algunas noches, en la casa recién adquirida. El ardor en la voz de la narradora, sintiéndose absolutamente culpable y entregada a lo sexual. Todas las demandas de un niño caprichoso atendidas en el lugar donde para la madre colocó un vacío. La obsesión de ambos con la fusión, que se persigue por todas las vías por donde el cuerpo facilita.

No era un joven, en el sentido tradicional del término.

Vi dos caminos de identificación con el texto; por un lado, yo podía ser ese chico, mi talento y mi demanda coincidían con los suyos.

También mi madre había fallecido un año atrás, del mismo mal. A diferencia de la narradora, yo sí la había acompañado, hasta el último momento. Aunque inicialmente también había temido la imagen, me había quedado hasta el final, lo había visto todo.

*

Ha bajado la temperatura y algunos truenos marcan el inicio de una tormenta. ¿Es todavía una tormenta de verano? La escritora abre una botella de bourbon y posa sobre la mesa un par de tabletas de chocolate negro. «El postre, queridas, nadie recordó traerlo, de modo que tendremos que tomarlo a mi manera».

*

Greta es guionista, jovial, abierta. Recibe sin esfuerzo la atención de la escritora y de las otras cuatro invitadas. Durante largo rato mi mirada es suya. Sigo sus movimientos, con preocupación, con interés. Me cuenta que lleva tiempo escribiendo una serie de varias temporadas:

—A muchos intelectuales no les impresiona nada esto, porque la consideran una escritura *menor*. Pero a nuestra amiga sí, ella encuentra en todo el valor de embrujo.

Señala a la anfitriona y la anfitriona se dirige a mí para ponerme en contexto. Parece que se siente responsable de que tenga la misma información que el resto del grupo:

—Ahora está en un proyecto difícil. Una serie de jóvenes con muchas escenas de sexo y experimentación en contextos de violencia. Greta ha sido la primera guionista en pedir trabajar con una coordinadora de intimidad. La coordinadora no solo está mediando y protegiendo a actrices y actores durante el rodaje, sino que, en este caso, también escribe las escenas íntimas con ella. ¿No es fascinante? Yo quisiera también que en las escenas de sexo de mis novelas me acompañase una coordinadora. Para asegurar que todo el mundo está bien y nadie sale dañado, los personajes, yo, las futuras lectoras…

—Ja, ja, mira que eres boba…

—Que no, Greta, escucha, ahora en serio, tiene sentido. Quizá podría servir para evitar que me cancelen.

—A ti no te cancelarán, amor, no se entiende nada bien lo que escribes, y si no se entiende, no puede escandalizar a nadie. Estamos en la época de Pornhub. Un vídeo al día, antes de ir a la cama. A soñar con los angelitos.

—Han criticado que en mis libros hay demasiadas escenas de sexo.

—Nunca son demasiadas si las escribe una lesbiana, no te obceques. Partimos ya de un déficit de contenido. Pero yo te pongo en contacto con la coordinadora. Ella es precisa, empática. Y tiene un compromiso con su trabajo… Te ayudará a ver cosas que seguramente no…

*

En algún momento de la noche la conversación comienza a agotarme. Todas hablan alto y tienen muchas cosas que decirse. A mí, sin embargo, me empieza a entrar sueño. Cambian la música y hacen sonar a Ángeles Toledano, la voz de la cantaora abriéndose paso, cantando bajito un cante de columpio. Greta dice que la conoce. Que cenó una vez en Madrid con ella. Se oye alguna expresión de alboroto entre las invitadas, quieren saber más, y ella contesta teatralmente, con un gesto de misterio. Una canción deja paso a otra.

A las raíces me agarro
que están debajo de la tierra.
A las ramas no
porque el viento se las lleva.

—Pues vosotras, amigas, erais ramas y os hundisteis conmigo en la tierra.

—Todo lo mismo: rama y raíz, raíz y rama.

—Hacia el sol y hacia las profundidades.

Mientras cantan y hablan y demuestran que se adoran, que

juntas forman parte de alguna cosa, me levanto como un ser completamente anónimo y me escurro hacia una esquina del salón, donde dormita la perra. Poco a poco me deslizo a su lado y ella mueve un poco las orejas, sin separar el hocico del suelo. Somos dos bultos de una longitud parecida.

Rozo su cabeza. Los pelitos despeinados de la parte de arriba. Luego le acaricio suave entre los ojos. Se está dejando tocar por primera vez.

*

La escritora tiene un vaso de bourbon en la mano y nos mira desde arriba suavemente. Es un tipo de mirada que hace que toda ella parezca ocupar una burbuja de excepción, la rodea un tiempo lento:

—Os vais a quedar dormiditas ahí las dos. Vamos, te acompaño a tu habitación.

Caminamos, hombro muy cerca del hombro, por el pasillo. Después se oye el golpe de la ventana de mi cuarto y me lleva unas fracciones de segundo recordar que la he dejado abierta de par en par, que hace rato llueve duro de tormenta y que la cama está al perfecto alcance de la lluvia.

*

Hay dos ecos de palabra. Dos melodías que suenan a la vez. Una es la frase pronunciada antes de llegar, toda la esperanza en un ofrecimiento: «Vamos, te acompaño…». La otra es una sola expresión, arrojada con énfasis al cruzar el arco de la puerta: «Mierda». Ambas líneas de sonido fantasmagórico las pronuncia la misma voz, quedan atrapadas en una nube mental mientras contemplo la escena, sin saber qué hacer.

La escritora ha cerrado ventana y contraventana, ha sacado un pequeño secador de mano del cajón de una cómoda, ha desenchufado la lámpara de la mesita de noche y lo ha conectado ahí para ponerse a repasar con el aire caliente primero las almohadas, luego las sábanas, el cubrecolchón y el colchón finalmente.

Miro hacia el vaso con dos dedos de alcohol y un hielo escuálido terminando de deshacerse sobre la alfombra mientras la perra lo olfatea a una distancia prudencial. Quieta e inútil, observo después a una mujer entregada a la tarea engorrosa de quitarle la humedad a una cama donde seguro ya no va a dormir, porque las amantes con su urgencia se acuestan sobre camas mojadas, o evitan la humedad y migran a cualquier otro lado de la casa juntas, pero no ponen tanto compromiso, tanta amabilidad en servir a la otra como se serviría a un huésped.

Un cuenco de sopa y una cuchara. Sábanas calientes en mitad de la tormenta.

Todo me ha sido entregado y sin embargo…

*

Amanezco con la sensación de haber perdido.

Es el deseo, ya lo he vivido antes. Se traduce en una suspensión en el abdomen.

Se parece al vacío que deja algo que se pierde, también a la desorientación por algo que fracasa.

*

Ha de venir de antes. Este daño ha de venir de antes puesto que ella no ha hecho nada más que cuidarme. ¿Qué puedo hacer yo por ella? Lo que no me permite.

4

*

Una mañana fulgurante, dijo. Fulgurante por su brillo intenso.

*

Greta llegará dentro de dos horas, para llevarnos a un concierto y luego a la montaña. Nadie me ha preguntado. Todo se ha decidido por mí.

*

El plan es conducir siguiendo la línea de la costa hasta llegar a un pequeño teatro en un pueblo de mar, allí tocará a las nueve una pianista. Han reservado un hotel donde pasar la primera noche. Al día siguiente el desayuno, darnos un baño y continuar la ruta hasta Tavertet. Hemos de preparar un equipaje ligero, con mudas para tres días. Después pasaremos la noche en la montaña, en un lugar de retiro.

«Una gran casa compartida, varias cabañas en un bosque de encinas y una sala de meditación con objetos traídos de Nepal. En la comunidad no han hecho votos monásticos, algunas estudiaron filosofía en Barcelona y tomaron un camino distinto al previsto. Se atrevieron a comprometerse en un proyecto vital colectivo. Pero no te vamos a contar más, mejor que lo veas tú».

Sacan de la habitación de la escritora dos bolsas de hilo duro, como de pescar. Bolsas a rayas de colores con un asa rígida pero de apariencia endeble. Mientras Greta y ella llenan una sobre la mesa del comedor, a mí me dan la segunda vacía.

«Si queda espacio, metemos la manta y las cosas de la perra, si no, no te preocupes. No da olor, su comida irá en otro lugar».

*

La perra y yo. Sentadas en los asientos de atrás. Rinde la cabeza y apoya una de sus patas sobre mi rodilla. Es una pata suave, pesada. Somos las hijas.

En el camino solo hay un hotel de costa que admite a la perra y tiene plazas disponibles para esa noche. Resulta ser un lugar que la escritora aprecia, regentado por mujeres desde hace generaciones. Un hotel donde las clientas suelen ser regulares, se alojan varios días, comen un plato especial de patatas fritas servidas con una cazuela de mejillones y leen en la terraza junto a animales de distintos tamaños. Esta es la descripción que recibimos del lugar, que Greta ya conoce: «Los hoteles siempre los reserva ella», dice, «no me atrevería a quitarle ese gusto, yo me encargo del día y ella de las noches».

Estoy segura de que ese «ella de las noches» tiene cierto orgullo en la voz. Palabras pegajosas que se quedan trabadas en el canal de lo dicho. Juguetea con el lenguaje, como también provoca su nariz redondita, sus labios mullidos y concentrados en el centro de la boca. Las comisuras, sin embargo, aparecen desdibujadas en el rostro. Lleva unas gafas de sol con pasta blanca y el logo de una marca chillona en uno de los lados. Una camiseta de tirantes ajustada que marca la curva abundante del pecho. Desde el asiento de atrás me pregunto qué habría pensado de ella si la hubiese visto por primera vez en un contexto distinto, fuera de la casa, sin estar secretamente molesta.

Estoy celosa de algo que no me cuesta adivinar bajo la ropa, una turgencia en sus muslos apoyados a ambos lados del volante. Esa firmeza, aprendí en la adolescencia pero confirmé de forma más brutal al entrar en los treinta, otorga una ventaja. Ventaja innombrable, indeseable para las que quisimos huir del sistema de género, olvidar… ¿Le importa a la escritora? ¿Qué es lo que le gusta a ella?

*

Llegamos al hotel y hacemos el *check in* con muy poco margen de tiempo, aún hemos de caminar un rato hasta la plaza del teatro. En la suite familiar observo mi destino, una habitación con dos espacios unidos por una puerta abierta. La cama doble y al otro lado la habitación de los niños.

«No es una cama auxiliar, como en otros lugares, es una habitación triple para tres adultas», me informa la escritora, se excusa, parece que intenta interrumpir mi propia voz mental que también interpreta el espacio. Nos ha traído aquí, y ahora nos reparte de esta forma. Las dos compartiendo intimidad y yo a unos pasos de distancia.

Es un lugar sencillo, un diseño clásico de verano costero en azules y blancos, sin decoración que rompa la línea de los armarios de época, con el olor del mar.

Convencer a la perra para que se quede sola en la habitación lleva veinte minutos de caricias y un nervio alargado de piel seca de buey que no se molesta en tocar. La escritora pide en recepción que alguien esté pendiente, lo hace con un gesto elegante y con la voz muy apacible, de modo que la misma recepcionista se ofrece para sacar a la perra a dar un paseo a la hora de la cena, al final de su jornada.

«Muchísimas gracias, qué cordial, qué lástima, he de decir que no. No saldrá contigo si no te conoce, en realidad ladraría, montará un escándalo y será una molestia para el resto de personas alojadas. Ella no tiene ese tipo de personalidad inocente y afable que se le supone a los perros».

Dicta su número de teléfono para que la mantengan al tanto. Mientras dicta trato de comprobar si me lo puedo aprender de memoria.

*

Tengo hambre, apenas hemos comido en ruta —en el coche llevaban unas nueces y una caja de higos— y salimos con prisa de la habitación familiar compartida. Busco en el fondo de la mochila un Sugus azul que cogí de un frasco en el mostrador de recepción. Tanteo un montón de partículas y pequeñas basuras hasta que encuentro su forma cuadrada y me lo llevo a la boca con ilusión.

Vamos con el estómago vacío porque no quieren llegar tarde al concierto, de ningún modo tarde, hacer un ruido a la entrada, mezclar ese ruido con la música que sale del piano. A mí me da bastante igual, tengo una curiosidad vivida desde fuera, sintiéndome nadie, alguien transparente que no puede ser percibida por los otros ni cambiar el rumbo de los hechos, sea cual sea su actuación. Hay algo cómodo en esta postura si no fuese por el hambre que acompaña. Me dejo transportar, apenas participo en las conversaciones. Mi timidez me convierte en una mirona. A la puerta del teatro entro en un pequeño quiosco y pido una chocolatina. Noto llegar el azúcar, decido relajarme, me mantengo sin hablar. Ni siquiera acudo al móvil a buscar las entradas del concierto en un chat compartido de Whatsapp, confío en que ellas lo harán por mí, me vuelvo vaga. Tengo la esperanza de que quieran tomar vino esta noche en la cena.

*

Lleva el pelo corto por debajo de las orejas y recoge parte en un moño diminuto. La ropa es elegante y neutra, un pantalón y un chaleco, viste el negro hasta en los mocasines. Es en los zapatos, de corte masculino, en lo que más me fijo, cómo se mueven al empujar el pedal.

La pianista sigue las pautas de un recital de clásico, pero alterna los *Oiseaux tristes*, de Ravel, con *Études* 5 y 6, de Glass. No conozco ninguna de estas piezas, miro compulsivamente el folleto que tomé a la entrada, sabiendo que podría necesitarlo para una futura conversación.

Veo el perfil de la escritora, con el ceño fruncido al concentrarse y los labios un poco abiertos. A menudo tumba leve la cabeza como si así fuese a conseguir ver mejor las manos que tocan, pero estamos en un punto ciego, y la mano completa tan solo aparece en lo alto durante la suspensión que sigue a algún arpegio. Miro hacia el mocasín y pienso que me gustaría conocerla, que podríamos ser amigas. También me pregunto si ella será el tipo de persona que podría llegar a ser amante de la escritora. Creo que sí.

Siento un calambre en el sexo y después un calor de ira en la sien.

*

Antes del final tres rondas de aplausos. Entre los gestos de celebración del público la escritora se curva hacia nosotras para susurrar: «La última será una versión a piano del *Lamento de la ninfa*. Imaginemos que la ninfa es una de nosotras. Su lamento se repite porque en algún lugar persevera la esperanza de que el dolor amaine o que exista una interlocutora capaz de responder a la llamada. No hay lamento sin la esperanza de otra que viva, que pueda escuchar. La queja y el anhelo se construyen musicalmente gracias a un *ostinato* que lo ocupa todo. La obstinación es una repetición obcecada de cuatro notas que descienden. Así se levanta el lamento: La-sol-fa-mi. En la primera repetición recae la esperanza en la tercera nota y en las sucesivas la esperanza ocupará el lugar de la primera nota que insiste, que vuelve. *Amor, amor, ella dirige su llanto hacia el cielo. Y así es que, en el corazón de las amantes, el amor mezcla fuego y hielo.* Eso dice el final de la versión cantada. Eros fuego-hielo, eros dulce-amargo. A piano la interpretación es más abstracta».

Se cumple su predicción. La pianista vuelve a sentarse frente al instrumento y espera unos segundos mirando al vacío, luego comienza a mover los dedos. El *ostinato* de la mano izquierda se repite a lo largo de la pieza, perseverante, sosteniendo la postura mientras la mano derecha baila.

*

—Es lesbiana, seguro. —Son las primeras palabras de Greta a la salida—. Tiene ese virtuosismo excéntrico, desviado. Toca de memoria y a su manera.

—A mí me parece que está triste —contesta la escritora—. Ha sufrido, pero conserva la pasión, la elección de su programa tiene que ver con el truncamiento y con la fantasía.

De pronto me resulta odiosa su forma de hablar de una desconocida como si tuviese un acceso extraño a su interior. Ella, alguien que sabe y que viene de vuelta, que está por encima del bien y del mal. Ha de ser falso lo que dice. Impostura oracular que la hace parecer siempre en control sobre la realidad. Piensa que es capaz de leer la mente de las otras. Pero no, ella no puede controlar lo real, solamente su relato.

Me siento culpable por pensar estas cosas. ¿De dónde viene la rabia? ¿La justifica la conversación, el tono? O simplemente me siento excluida. Obligada a mirar hacia fuera, mientras ella y yo apenas nos miramos. No hay tiempo para mirarnos si estamos entre tanta gente.

*

Y cómo sería si fuera distinto. Intento imaginármelo. Si a través del cuerpo de Greta, que nos parcela como una pared, la escritora me sostuviese la mirada unos segundos con complicidad. Algo en la lengua derritiéndose con triunfo. Las elegidas, que se mueven seguras entre la gente porque no dudan de la reciprocidad de un deseo. Dos que se miran y sostienen la mirada porque saben que antes o después van a quedarse a solas, derramadas la una sobre la otra.

Y porque lo saben disfrutan la interrupción. Todo ese tiempo con una tercera o una cuarta persona a la que atender. Mostrando la paciencia, pretendiendo interés hacia algo más allá de la espera, se encandilan la una a la otra.

Pero nosotras no somos esas todavía. ¿Quiénes somos?

*

Ya se hizo de noche y el resto de asistentes al concierto abandonaron el teatro. Esperamos un rato a la salida, en medio de la calle, las tres en línea, tres fichas en un juego de mesa.

Greta ironiza elevando la voz: «Anda que te conozco yo a ti, tu preferencia histórica por la virtud lánguida, la pasión y la anemia. Son gustos propios de una personalidad perversa, amiguita, y de otra época».

Del palabrerío poco tiene significado, aunque entiendo todo lo que dice. Es un humor sectario, arrogante, un humor de ellas y no mío, que expone la obscenidad de mi estar fuera, de ser una invitada.

*

Podríamos haber sido afines, pero la pianista escribirá a quien no quiero que escriba y se unirá a la cena. Para no romper la lógica hasta el momento, el plan me será anunciado sin preguntar, dando por hecho que es una buena noticia para todas. Cenar juntas, oh sí, un sueño. ¿Quién no quiere cenar con una pianista elegante y algo triste? Rogaré que alguien la pare en el camino desde el teatro a la terraza donde estamos sentadas. Que nunca llegue. Conjuraré sin suerte.

Luego estará allí frente a nosotras. Y será tímida y suave pero perspicaz y divertida cada vez que habla. La examinaré todo el rato, sin poder hacer nada por evitarlo, por parar mis propios pies. Busco señales que hagan de ella un ser excepcional, es decir, un ser más atractivo que yo. Me fijo en sus ojos, que deben ser claros a la luz del sol, aunque su color sea indistinguible en la terraza de noche. Si mañana volvemos a verla, si se extiende la cena y nos acompaña a la habitación, en el desayuno esos ojos casi amarillos serán de un azul rutilante que lo arruinará todo.

*

Me pregunto qué la habrá traído hasta esta mesa. Qué tipo de interés la mantiene atenta horas después de un concierto. Piden ensalada y una gran fuente de croquetas. Me voy hacia la comida. El exterior cruje y el interior es una lava de bechamel con boletus, con queso y espinaca o con tinta de calamar.

Mientras ellas hablan yo como. Al principio con agilidad y convicción, hurgando firme sobre la fuente, sabiendo que tomo aquello que por reparto me corresponde. Luego mis cuentas se confunden porque todas dejan de comer a pesar de que la mitad de las croquetas aún espera en el plato. Es una ración generosa, donde poder avanzar un hurto sin ser reconocida. La pianista ya no come y la escritora parece alimentarse con la mirada solo. Pienso que ambas están fuera del mundo donde yo, muy sola, respiro y vivo. Las contemplo de soslayo hasta que difícilmente escucho su voz, que pasa a un segundo plano, mi atención puesta en las últimas tres croquetas del plato.

Terminan en mi boca todas, una a una, sin preguntar, sin culpa.

También podría haber comido muchas más. Como simplemente todas las que hay: esa es la medida de mi hambre. Todas las que hay y el espectro de un par más que faltaron para llenarme.

*

Me recuerdo de niña en la playa. Mi madre me había puesto una visera roja de Mickey y me había colgado del cuello un pequeño recipiente de plástico con un cordel. El recipiente estaba lleno de cacahuetes pelados, era parte de mi almuerzo, tal vez el almuerzo al completo, no lo sé. Ante mi disgusto, mamá intentaba convencerme de que nutricionalmente en esa porción de frutos secos estaba todo lo que necesitaba. Mi respuesta a sus restricciones solía ser ambigua. ¿No actuaba ella siempre por mi bien? La frustración del hambre me daba ganas de llorar. Por otra parte, me enorgullecía que las dos comiésemos lo mismo, estar un puñado de cacahuetes más cerca de convertirme en ella, un ser coqueto y delgado. Cuando en la playa las madres de mis amigas sacaban los tuppers de filete empanado y tortilla de patatas que compartían con sus hijas, la mía abría una bolsa de frutos secos y unas latas de cerveza. Después de la segunda lata su ánimo empezaba a cambiar. Se volvía irascible, se enfadaba porque había dejado entrar arena en mi mochila o porque había olvidado aclarar el bañador en la ducha antes de guardarlo. Mirándome con desagrado, mamá decía que yo era un desastre.

Desastre. Los pies y las piernas rollizos junto al cuerpo de mi madre. La mochila llena de arena y restos de merienda de un día anterior, papeles de chicle. Estaba en «los cerros de Úbeda» y no «a lo que se celebra». La mirada bajo la visera de Mickey siempre apuntando hacia otra parte, hacia las niñas que comían filete, ensaladilla rusa y bizcocho de limón sobre una mesa plegable traída de casa, con su sombrilla, sus tumbonas y su neverita.

Con la cerveza y el cigarro en la mano, las gafas de sol y la melena larga y rizada, brillando en sus mechas rojas, parecía una estrella de cine. Yo admiraba por igual el vientre esculpido de mi madre y los filetes empanados de las demás. Si había que elegir entre una cosa o la otra, no podía decidirme. Lo que sí parecía ser verdad es que mi cuerpo estaba más hecho para comer que para ser hermoso de esa forma.

«Mira pa'lo tuyo», decía mi mamá, ajustándome las cangrejeras. «No envidies a las niñas, si ahora aprenden a comer sin límites espera a que sean adultas y estarán tan mal como sus madres. Es fácil ser un palillo cuando eres pequeña, pero, en unos años, lo habrán perdido. Hay que tener fuerza de voluntad y una buena genética. Tú tienes la suerte de tener lo segundo, pero no te la arruines, hay que aprender a comer lo que a una le hace falta. Ni menos ni más».

Nada malo veía en las otras mujeres, parecía lo normal esa abundancia, la alegría del comer y compartir. Secretamente, pensaba que, si acaso había rareza alguna en el paisaje, esa debía recaer sobre nosotras, siempre tan solas, sin hablar con nadie, dos toallas sobre la arena y una lata de Mahou de cenicero. Sí, qué rara y exclusiva, medio soberbia la presencia de mamá bajo el sol y la mía, su torpe querubín escudero. ¿Cómo satisfacer a mi madre? Sacudir mucho la toalla antes de guardarla en la bolsa, aguantar las ganas, mostrarme satisfecha, reconocer cierta supremacía moral en su forma de ver el mundo.

Es cierto que lo hacía con cierto gozo: rendirle pleitesía, si a cambio me premiaba con sus arrumacos. Para que estuviese a mi favor, acataba su ley y al hacerlo me sentía orgullosa. Frente a ella guardaba los ayunos y después, en casa de la abuela, sin tener que pedir permiso, pues estaba dispuesto para mí, abría el armarito de la despensa donde guardaba el chocolate negro de fundir, las latas con rosquillas de anís, los paquetes de magdalenas y suspiros, las galletas de nata y las bolsas de fantasmitos.

De rodillas, frente al armario, con la urgencia de quien teme ser interrumpida, comía, comía, comía.

*

Greta bosteza, se levantan, nos despedimos de la pianista y volvemos las tres juntas al hotel. Al llegar están tan cansadas que no hay tiempo para tensiones, ni siquiera para el extrañamiento de una primera vez durmiendo juntas. La habitación es grande y mi cama individual está lo suficientemente cerca de la suya para oírlas respirar. Nos lavamos los dientes, ellas dos en el baño y yo en medio del cuarto. Nos enjuagamos por turnos. Me dan un abrazo de buenas noches y luego cada cual se cambia el pijama sin mirar a las demás.

Eso ha sido todo. Bastante fácil al fin. No estoy segura de qué era esa cosa tan terrible que yo estaba esperando. La espera de lo maravilloso o lo terrible me atrapa. Me siento ridícula pero tranquila. Dormiré bien esa noche.

5

Recorremos un camino de curvas. Greta se vuelve silenciosa con el volante entre las manos, intenta concentrarse. Cuando conduce parece mayor, responsable de todas mientras el resto volvemos a la infancia. La escritora haciendo de copiloto trastea con el Google Maps y lee indicaciones en alto, a menudo con una imprecisión entre insoportable y divertida. Greta la regaña un poquito, dice muy firme: «Por favor, haz un esfuerzo por entender las indicaciones o si no, pósalo aquí delante y ya lo miro yo».

Voy sentada atrás, me mareo y durante unos minutos hago lo imposible por ocultárselo a las otras. La verdad es que me duele la cabeza y la boca me empieza a salivar cada vez con más insistencia. Si no paramos ahora, pronto vendrá el reflujo, después la arcada, el vómito finalmente.

Anuncio mi estado con un hilo de voz que comunica bien lo límite de la situación. Para hablar los labios permanecen casi juntos, temo que si abro más la boca todo se irá de control. Paran rápido en una zona de campo, antes de llegar a un pueblo. Poder activar la manilla y arrojarme sobre la puerta abierta casi parece milagro, uno que llega justo al borde de un cambio de estado.

Ya con los pies en la tierra sobreviene una arcada. Su contenido me pone en evidencia, de modo que, sin mucho tiempo para pensarlo, trago. Trago como una mentirosa o una ladrona, porque no puedo ser todavía alguien que se vacía delante de ellas. No me quieren. No puedes vomitar delante de alguien que no te quiere lo suficiente para poder estar a tu lado sin sentir asco. Al mismo tiempo, la memoria de sujetar las melenas de mis amigas borrachas en los baños sucios de los bares. La verdad es que no sentía asco, sino privilegio por ser la única que accedía a esa intimidad tan excesiva. Yo, la elegida para ir a vomitar.

Nunca fui capaz de dar la vuelta a la escena y ocupar el otro lado. Cuando me encontraba mal, antes de que fuera tarde salía con prisa del bar torciendo hacia algún callejón para vaciarme sola, en un portal oscuro. Luego regresaba y trataba de reincorporarme a la noche como si nada hubiese ocurrido.

*

No son monjes, no mantienen castidad, visten túnicas tan solo durante las ceremonias. Hay una meditación a las ocho de la mañana y otra a las ocho de la tarde. Desde el despertar hasta que comienza el desayuno hacen voto de silencio. Si me cruzo con alguna persona durante esas horas, no me ha de sorprender que no devuelvan el saludo.

Habla con gran emoción. Es evidente que guarda un enorme cariño a la comunidad. Estamos a punto de llegar.

*

Nos da la bienvenida una chica de voz suave, que camina hacia nosotras con lentitud. Después el campo alrededor de una casa de piedra y una mesa enorme dispuesta junto a la entrada. Los manteles son azules y amarillos. Hay flores silvestres en pequeños recipientes y, en una mesa auxiliar, varias bandejas con verduras a la brasa, proteína vegetal y un puré de maitake y patata.

Otra chica morena y esbelta, con una larga trenza y un delantal, canta los ingredientes mirándonos a los ojos. Es una mirada amable, sin voluntad específica. Me sorprenden siempre estas miradas que parecen no querer nada de las demás. Elijo un asiento arbitrario entre la gente y noto bajar la presión, una especie de descanso. Hemos pasado de esta tensa soledad de tres a poder formar parte de algo. Me recuerda a mi piso compartido en Paral·lel. Lxs cinco compañerxs viviendo juntxs. Esa familiaridad tranquila que sin duda echo de menos.

Llega una vieja mastín y la perra, que descansaba al sol, se incorpora moviendo la cola para saludarla. Olfatea debajo de su oreja con cuidado.

Varias personas se levantan para repetir. Vuelven con los platos llenos. «Comemos mucho aquí. De lo mejor que ocurre aquí es la comida».

No destaca mi hambre entre la suya. Me sirvo otra ración de puré.

*

La chica de voz dulce hace una pregunta a la escritora. Algo ha ocurrido con un post en redes, que está recibiendo comentarios negativos. Me pregunta: «¿Qué piensas tú?». Pero yo no sé.

Dice: «Mientras ellos se dedican a odiar nosotras nos dedicamos a amar y trabajar, que es la misma cosa. Para seguir amando mientras ellos tratan de destruir tu nombre, una ha de girarse, mirar hacia el mundo, pero el de las cosas, no el de las opiniones. Mira la mesa de madera dura, el agua que sale tibia del caño, todas esas cosas permanecen inalteradas mientras los comentarios en un perfil de Instagram cambian».

Será el campo y la compañía. Me siento bien.

*

Lo ha pronunciado señalando hacia mí: «Nosotras dos nos quedaremos». ¿Contestaba a qué? ¿Cuál era la pregunta? ¿Oí bien? Sí, pude oír a la chica de voz suave preguntándole: «¿Quieres quedarte en la cabaña donde hiciste el retiro? Tu cabaña». Ambas rieron. Sus dientes, tan bonitos. En su sonrisa el labio de arriba plegado y carnoso el de abajo. Quisiera yo también causarle esa satisfacción. Se dirige a mí:

—¿Te apetece?

—Sí, ¿y Greta?

—Ella se alojará en la casa principal, ya la conoce, estará bien.

«El espacio ya es pequeño para dos, iría demasiado justo para las tres», confirma la chica de voz suave. Miro a la escritora y después miro a Greta, que charla con un chico unas sillas más allá. Todo parece misteriosamente tranquilo. Como si yo fuese la única atravesada por la pasión.

*

Ahora abandonamos la mesa del almuerzo, bajamos por un camino junto a una pequeña montaña gris. Comienza a atardecer y la luz es cálida y hermosa. Estamos entrando en el bosque, crujen ramitas y pequeñas hierbas secas al caminar. Al avanzar se apartan los saltamontes, hay dos, tres, que de un impulso toman el aire a cada paso. Cuando llegamos alguien termina de barrer el suelo exterior de una pequeña construcción de madera elevada sobre tres escalones.

*

Es un espacio demasiado pequeño para estar solas dentro sin conocer aún la intimidad de las amantes. Una sola estancia acoge la cocina de gas, la mesa con dos sillas, la estufa y la cama de 1,40. En un apartado está el baño. Se me ocurre escabullirme hacia allá y tomar una ducha muy larga. Mientras tanto, ella podrá decidir qué hacer o quién ser en lo estrecho.

Dejo correr el agua cinco, diez minutos más de lo que necesito. Intento imaginar qué cara pondrá cuando yo salga del baño, envuelta en una toalla. Pero al salir no está allí, atrapada conmigo entre cuatro paredes, sino fuera, tumbada en una hamaca bajo una encina. Me visto. Voy a acompañarla. Intercambiaremos una frase de tanto en tanto. El sol se pondrá y, cuando empiece la noche a estar ya cerrada, llegará la chica de la trenza larga caminando por el bosque, con una gran cesta llena de comida.

Hay puré caliente de calabaza y escalivada con arroz. Trae también el desayuno para mañana: tomates de la huerta, un cuenco con humus, manzanas, cereales y frutos secos. Un pan oscuro ya cortado en rebanadas.

*

¿Quién es ella? Alguien que parece tranquila, o que actúa con tranquilidad para ayudarnos. A las dos, que estamos involucradas en esto. Un querer estar juntas sin saber en qué términos. Empiezo a comprender algo de lo que ella ofrece: una presencia sin promesa.

Pero ¿quién es? Alguien que entiende la incomodidad y propone un rito de paso. Encender el gas, hacer una infusión antes de dormir. Me invita al juego con una consigna: «Busca en esos botes, tienen plantas recogidas en la zona».

Elijo el tomillo. Su olor fuerte, el color fusco. Mi elección la satisface. Ella hubiese propuesto lo mismo.

*

En algún momento me habré quedado dormida. No lo recuerdo, pero despierto de pronto con muchas ganas de hacer pis. Hay una presión en mi abdomen, me siento inquieta y excitada por haber pasado unas horas tan cerca. Estamos a oscuras y no la puedo ver bien, pero respiro el olor a aceite de rosas que compró en un viaje a Marruecos. El cabello está, como el mío, desparramado sobre la almohada. Podríamos enredarnos y, sin embargo, permanecemos separadas. Cada hebra de su pelo comienza y termina, como cada hebra del mío, sin anudarse. Lo sé porque camino sola, puedo incorporarme, dirigir mis movimientos hacia al baño. Nada me ata a su cuerpo, únicamente mi atención.

Al meterme en la cama de nuevo de pronto soy capaz de hacerlo. Lo hago: me acerco a su espalda y me acoplo a ella, que descansa de lado sobre un hombro. El respirar silencioso me hace pensar que está despierta. Decido acercarme porque algo obstinado en mí lo pide con fuerza y tal vez ella también lo desea. Primero la parte baja de mi estómago toca su espalda y luego avanzo las piernas recogidas para acoplarme por detrás de sus muslos. Es un avance perceptible, aunque trato de hacerlo con delicadeza, sin afán de despertarla, bajo la sospecha de que no duerme.

La postura ofrece un lugar bonito, un lugar fácil. Ahora que no estamos obligadas a hablar, ni a mirarnos a los ojos, tal vez podamos tener esta conversación, que se dice de otro modo.

Pero ella no se mueve. Ni un pequeño gesto del cuerpo responde, es decir, su cuerpo no habla. Y si efectivamente está despierta, y su silencio es voluntario, entonces ¿no implicaría esa quietud un mensaje?

Ha sido un error, estoy cometiendo un abuso de intimidad, qué hago como un bebé acurrucada contra una adulta que no me devuelve ternura, cómo pesa mi excitación en este abrazo que no puede ser inocente y aun así lo es: la presión a la altura de la vejiga, la humedad, la culpa.

*

Elijo esperar. Por favor, que hable. Desesperando avanzo la yema de un dedo, no como por descuido, sino como si en verdad estuviese segura de un espacio íntimo compartido. Avanzo desde el abismo que solo puede ir hacia delante, porque solo hacia delante se puede obtener una respuesta, radical, definitiva, la que sea. La yema de mi dedo corazón avanzando sobre el dorso de su mano. Por favor, por favor, por favor.

El sentido, el destino, electriza mi dedo. Voy a sacudir el cuerpo opaco de la otra. A obligarlo (a que responda: o se retire, o se deje hacer). Voy a obligar a su cuerpo a entrar en la conversación, en el juego del sentido: voy a hacerlo hablar. Fragmento de un discurso, por fin, amoroso.

Que grite un «no» que yo escuche para siempre. Sea terrible, clara. Marque una distancia con mordedura y sangre.

*

Murmura un gruñidito que recuerda al de la perra dormida en el sofá cuando alguien se sienta a su lado y la mueve. Luego avanza la mano y con ella me agarra el antebrazo. Enganchadas así, vuelve a quedarse quieta y suspira.

En algún momento, extrañamente olvidada de la excepcionalidad del momento, también dormiré.

Greta viene a ayudarnos a llevar algunas cosas: los restos de comida, la basura, el equipaje.

Sonríe y es afable a pesar de que ha dormido sola. Dice que ha descansado tan bien, tan bien. Que soñó con que algo caía del cielo, que era esponjoso como un pan dulce y todas lo recogíamos. Dice que no puede esperar a vivir en comunidad, como aquí, todas juntas. Que ha de ocurrir mucho antes de la vejez, que tenemos que encontrar un lugar, un espacio.

Su alegría hace que me sienta un engendro, una desviación del carácter, el monstruo posesivo agitado por la maldad. ¿Cómo no preferirla a ella si permanece incorrupta, si nada parece que la espante ni la vuelva celosa, malpensada, feroz?

No es solo cierto tipo de belleza, hay algo más que yo no tengo y que ella podría darle: un carácter generoso y ligero.

Vamos hacia las demás.

*

La escritora lleva shorts, me fijo en una raspadura por detrás del muslo, justo encima de la rodilla. Se rozó con unas rocas la otra mañana, al nadar en una poza. La marca parece el arañazo de un gran felino, la huella de una zarpa o el cepo de una zarza que recibió, como la planta carnívora, su presa y no quiso soltarla.

Camino tras ella. No quiero dejar de mirar las líneas curvas, un minúsculo sendero de postilla. Si nuestra relación fuese distinta, yo podría acercarme desde atrás y posar mi mano tanteando como quien entre acaricia y arranca. Podría esperar con ganas a la noche, apoyar la boca suave justo donde la mordedura de la roca. Ella podría reír.

*

De la montaña a la playa de nuevo. Esta errancia hedonista debe de ser normal para su estilo de vida, su forma de moverse. Tener acceso a la ensalada, al ceviche de atún. La cerveza, los mejillones y la porción de tarta de queso compartida, después de la cual decidimos meternos en el agua. En mi tendencia a sentirme marginada e indeseable, la cerveza facilita una predisposición a la amistad. Tal vez la forma normal en la que sienten ellas es como yo después de haber tomado una cerveza con el estómago aún vacío.

Cuando llega la cuenta la escritora no me permite pagar mi parte. Dice que yo no elegí ese plan ni esos gastos.

*

Ninguna tiene bañador, pero su situación es la más complicada, no trae sujetador y las braguitas, escotadas en las nalgas, son blancas. Nuestra ropa interior es oscura, Greta lleva dos piezas y yo solamente una.

La escritora se desviste delante de un grupo de hombres y mujeres que pasan el rato cuidando de sus nietos y mirando al horizonte. Ella se desviste, es decir, abre el blusón, se baja los pantalones, apoya la ropa doblada sobre una roca, y yo clavo la vista en mis pies, en la arena, para no arañarla con los ojos. Greta ríe, «un tanga blanco, lo más inadecuado para un contexto así, pero estás preciosa, amor». Ella va con el pelo en ondas sobre el pecho desnudo, que adivino de reojo por primera vez, que es pequeño, con un pezón lo suficientemente firme para asomar entre los mechones dorados. No duda al entrar en el agua.

Greta la sigue; yo, por rezagada, tengo la oportunidad de quedarme a la distancia perfecta para mirar un instante la tela blanca que refleja la luz, la cintura estrecha, los muslos llenos y el culo redondo, un culo de nadadora o bailarina, no de persona que pasa, que debería pasar muchas horas al día sentada trabajando. Pero ya me quedó claro que mi escritora, sus preciosos cincuenta años de carne no creen en la silla ni en el sacrificio. No en ese tipo de sacrificio acaso.

*

Cada cual se sostiene en el mar a su manera. Tiene una técnica. Greta mueve los brazos en medias lunas amplias, la otra parece que patalea y mantiene la parte superior del cuerpo quieta. Yo dejo de flotar y buceo, me hundo para desplazarme.

Desde el agua se ve una hilera de pequeñas casitas ancladas en la playa, casas de gente diminuta, de gnomos con hamacas en la arena, casas de colores que serán un año de estos arrebatadas por el mar. Hoy las miramos.

*

Un blusón largo para quitarse discretamente el tanga mojado delante de los abuelos. Ella pegando saltitos mientras se sube los pantalones ya sin ropa interior, jurando con voz lastimera que la sal en el coche cortará su piel, que su piel va a irritarse.

La escritora abre la puerta de atrás para sentarse conmigo. Ya no iré sola con la perra, Greta será una taxista y yo no seré ya más una niña conducida a la playa por sus madres.

Hay algo distinto en su rostro, una relajación que mantiene la sonrisa enganchada a las encías, sin modular, constante, atolondrada, interior.

*

En el coche, caliente por el sol, se quita las sandalias húmedas y hace un gesto de sorpresa. Se acerca a mi cara, finge taparme la nariz con los dedos, riendo: «Aguanta la respiración, huelen muy mal». No puedo olerlo, le digo, es el típico olor que solo percibe una de sí misma, aunque tema por las demás. No le digo que pienso en mi sexo, en el olor tantas veces desvergonzado de mi sexo, un escándalo sin consecuencias ni registro.

De la pinza que formó sobre mi nariz su mano pasa a la mía. Apoya el peso brevemente, recorriendo con tres dedos el lomo de mi mano. Avanzan corazón, pulgar e índice. Miro las uñas algo largas, una trenza de oro como una alianza.

La mano por fin me elige. ¿Es verdad? ¿Qué ocurrió? ¿Por qué ahora sí y antes, tantas veces antes, tomó un desvío?

Seguimos hablando las tres del viaje, del paisaje. Trato de sostener la conversación para que la intimidad de las manos no sea del todo protagonista y pronto se vuelva demasiado y haya que interrumpir. Por eso le digo: «Mira, mira las ventanas de esa casa, el azul y el amarillo, mira el tejado hundido de aquella, es una pena todas esas casas viejas echadas a perder, es una pena». Le digo lo que le gusta oír, es una oración para mantener las yemas ahora hurgando en la membrana que une el meñique al resto del cuerpo. La uña de mi pulgar roza a la vez su palma, un pulgar que es mío contra lo que es suyo, un pulgar con su momento en la conversación, que entra para al fin pronunciar sin ninguna timidez: No soy una mano muerta, no soy una mano amiga solo, mira la certeza futura en la mano de una amante, puedo mostrar mi disponibilidad quedándome muy quieta, sosteniendo la caricia.

«Mira, un lugar de avistamiento de aves. Una mujer caminando con un bastón, unos prismáticos colgando en su cuello». Ella mantiene el tacto, pero pienso que se acerca seguro la retirada, ya le toca cansarse, estamos a mitad de trayecto.

Pero no cumple la expectativa del rechazo, no se aparta, está apoyando la cabeza en mi hombro cuando toca reírse, acerca la otra y, ahora sí, apresa las mías con sus dos manos.

*

Mientras todo ocurre yo la observo desde oblicuo: improbable sostener una mirada común mientras el índice hace círculos sobre uno de sus nudillos. Improbable continuar la caricia después del coche, una vez abiertas las puertas, cuando la conductora suelte el volante. No voy a mirarla si después no puede la boca seguir con calma el rumbo de los ojos. No podré ya relacionarme sin boca, sin chuparle los labios, llevarme sus dedos hasta el borde de los dientes.

Fingir una conversación común es la única forma de resolver esta tensión creada, qué absurdo si se empantanase aquí.

*

Ah, pero gracias, gracias, agradecida por la tensión, el vórtice, como la raja que deja en el vientre de niña un columpio al seguir su trayecto hacia arriba, acompañado por un gemido de cadena sin aceite.

«Mira hacia el borde de la carretera, imagina que en la tierra desperdigada hay un jabalí hembra o cientos de topillos, mira, que la luz se mantiene a estas horas». Mira allá y acá pero no mires, por favor, de frente cuando te hablo, no sé cómo continuar, cómo no llevarte a la boca, cómo no preguntar desde lo mojado de la lengua, seguir conversando desde ahí.

Parece que alguien que no es ella ni yo tiene la autoridad de este momento.

¿Quién?

*

Y si me acerco y lo hago. Besarla. No tengo la más remota idea de qué pasaría.

Pero no es tan evidente, no es tan fácil. Leer las señales y qué terror imaginar que todo sea un malentendido, un desfase grotesco entre mi imaginación y la suya.

*

Casi llegamos. ¿Será esta noche?

La perra se ha quedado pegada a mí, ya no la sigue. Voy al armario donde guarda su comida y la sirvo. Es un sobre húmedo lleno de trocitos de verdura y de pavo cocinados al vapor. La comida húmeda al caer en el plato hace un sonido que me encanta. Se acerca mucho, olfatea antes de tragar, pero no toca el alimento. La observo comer, es reconfortante.

*

Greta se queda a cenar en casa. Ha dicho que es difícil separarse después de un viaje tan lindo como el que hemos hecho. Ahora revuelve la despensa como si fuese suya, mete los dedos en un bote de alcachofas en conserva, toma una, se la lleva a la boca. Después abre la ventana de la cocina. Fuma. Es desordenada y la escritora la tolera.

Vete. Vete. Vete.

Cuanto antes. Greta, vete.

Se sirve una copa de una botella de vino que estaba guardada en el armario de la vajilla. Es la primera vez que bebemos alcohol en casa en un día cualquiera y ha hecho falta otra persona para que ocurra.

Es imposible la intimidad, me enfado. Finjo cansancio y me voy a mi cuarto. Ojalá se vaya. Que no se quede a dormir. Porque si antes de llegar yo a esta casa ella dormía en mi lugar... ¿dormirán juntas si se queda?

En la habitación cuya puerta aún no he traspasado.

*

Oigo las voces de las dos en un torpe susurrar dirigiéndose al cuarto. Ríen. Odio sus risas. Siento ira y también un resquemor en los bordes de la piel.

Estoy excitada, pero decido no tocarme. Una venganza. Voy a renunciar a esta sensación y a las imágenes que encadena.

Chao chao, me retiro, lo juro que me retiro. De esta historia rara, de esta gente.

*

La noche es seca en los ojos y ácida en la boca del estómago. Tengo el oído atento, pero no oigo ningún sonido llegar desde la otra habitación. ¿Ya descansan? ¿Lo hacen abrazadas? Si no me masturbo no voy a dormir nunca. Pruebo a imaginarlas en la cama amplia de sábanas azul satinado. La escritora sobre Greta. La está follando fuerte y Greta cierra los ojos y abre los labios. Después de un rato para, y con la mano aún dentro, escupe desde arriba. La saliva cae justo sobre el clítoris duro.

La folla, la frota. Agarrándola por las nalgas la invita a darse la vuelta y la lame por detrás. Es preciosa Greta, soy yo ahora sobre ella. Me dejo ir.

Luego la hago desaparecer, por fin.

*

En mitad de la noche vuelvo a despertar. Es un misterio aquello con lo que el cuerpo se carga. Hay un exceso provocado por el contacto que no puede deshacerse con la mera frustración de un deseo: reaparece en la fantasía.

*

Se trata de hacer que pierda la verticalidad. Sin más insistencia que la de una mirada que, después de perseguirla durante meses con la timidez de un perro, un día se atreve a ser rigurosa y acierta. Yo quería que la escritora desde su altura se derrumbase, que desease derrumbarse, para seguir atenta, pero desde el suelo, por fin desde el suelo como los animales.

No la empujo, la sostengo suave del cuello sin siquiera mostrar la dirección y ella sola se arrodilla. Ocurre lentamente el derrumbamiento. Primero el del gesto: los párpados bajan entrecerrando los ojos. La boca también se derrumba y se abre un poquito, como si el labio de abajo fuese más pesado. La lengua, pesada dentro de la boca, la saliva, la saliva pesándole sobre y bajo la lengua, acumulándose hacia los lados. El derrumbe la humedece y la prepara, mientras las piernas se quiebran y queda de rodillas.

Le acaricio los labios con el pulgar y la sujeto por la barbilla. Voy de a poco, impaciente, se entrega demasiado rápido y me alejo. Quiero ser yo quien le abra la boca arrojándome dentro.

Le digo: «Vamos a esperar». La cara la sostengo por la mandíbula, me inclino hacia delante y me pongo a su altura. Las dos en el suelo, pero ella a mi voluntad. Con el pulgar otra vez la abro, ofrece la lengua y escupo dentro. Sin asombro recibe, aguanta unos segundos y después traga.

Esa es la imagen que me detona: ella recoge con la punta de la lengua los restos de saliva que quedaron en sus labios. No cierra los ojos. No lo hace cuando besa y comprendo que tampoco lo hará mamando. Quiere verlo todo, incluso más allá de la perspectiva posible: quiere verse desde fuera chupando, rítmica. Siendo algo que es mío.

Sujeta la cara, voy a entrarle solo un poquito. Los labios flojos y la boca llenándose más y más de saliva. Entro y salgo con los dedos unos pocos centímetros, pero tan rápido que no es capaz de reaccionar y relaja todo el gesto, sin intentar moverse. Acariciándole la cara empujo las yemas contra su mejilla: el índice y el corazón tocan suave por dentro mientras el pulgar acaricia la piel del rostro. Después, me coloco hacia el centro y me muevo lento en círculos llenándola toda.

Veo la desnudez de los hombros, de las clavículas y del pecho. Quiero sentir sus tetas contra mí, las sostengo. Tan rápido ahora dentro y fuera, le empujo la lengua hacia abajo y apenas puede moverse, pero acompaña un poco mis movimientos con el cuello. Le digo: «Eres una zorra, ¿es eso lo que querías oír? Tu rigidez día a día me desquicia, tu distancia me desquicia y ahora puedo abrirme paso a la garganta y tú quieres sostenerme, puedo seguir llenándote la boca con una mano mientras la otra aparta las braguitas mojadas y te folla por primera vez de golpe. No quieres que pida permiso, ¿no? De eso se trata. No vas a cerrar los ojos nunca. Ni aunque te lo haga más fuerte, así. Quieres mirar, quieres verme siendo capaz de hacer lo que deseo. Siendo capaz de poner mi deseo de ti por encima de todas las cosas que me intimidan y me asustan».

Para llegar a su deseo he de ser yo también capaz de escribir una historia. De jugar con las historias. Las historias están llenas de roles, de pasado, de tensión. No me intimida la escritura. ¿No es algo que hacemos todo el tiempo? Imaginar, construir escenarios. Ahora queda hacerlo de forma un poquito más consciente. ¿Podría yo algún día en realidad llamarla zorra mirando la expresión preciosa de sus ojos, tan sabios y posados? Sin que me entrase una risa tímida o me temblase la voz. Puedo ensayarlo frente al espejo. Zorra. ¿Qué es una zorra? Veo un hermoso animal de cola color fuego, poblada. Inteligente, orgullosa, huidiza. La que asaltará el corral de noche y saldrá con una codorniz entre las fauces; inocente, impulsada por su hambre y el derecho justo de estudiar todas las presas hasta tomar la que necesita. Ni un ave menos, ni una más. El enfoque exacto, la caza sin susto, sin dolor. No dañará al resto, centrará en una la pupila y será exacta con la mordedura.

Ahora, creo, he de ser yo. Una entre todas, la herbívora que quedó parada en medio del campo, entre los restos de heno y el grano partido. Descubierta, sorprendida, empezaré a correr cuando ella esté demasiado cerca y ya sea demasiado tarde, con su perfil grabado en la córnea. La seducción: esa carrera teatral donde nadie persigue ni huye, ni violenta ni recibe el daño, sino que las dos confluimos en la carrera, narcotizadas en el mismo movimiento de poses variables. Tranquilas de ternura al saber que nuestro diente afilado roza el cuello y nada ocurre, la mandíbula no puede apretar porque, aunque sirve para la caza, también porta a su cría única, la más amada.

Una zorra que corre con su codorniz en las fauces, la lleva a un claro del bosque, entre la hojarasca la consuela y la lame, observa sorprendida cómo el ave cambia la pluma por un pelaje denso de mamífero. Le crecen colmillos y aumenta por diez su volumen, de modo que la portadora queda de pronto entre las patas de un gran cánido que la mira unos segundos duramente, hasta dejarse caer con el vientre hacia arriba, pidiendo caricia. La zorra tiene ahora entre las patas a un animal tan carnívoro como ella, aunque también tan hecho a la leche, tan criado como ella entre mamas calientes, tan cazador como hija que lame, que demanda, busca y también teme la autoridad de la madre.

Si pudiera contarle una historia, con la voz de la mañana, acercándola a su oído, amaneciendo juntas: le contaría esta.

¿No dijo que a las mujeres se nos había negado heredar mitos propios y que por eso no teníamos palabras para explicar nuestro amor?

«Dime dime dime», preguntaría ella desperezando la voz entre las sábanas, cuando ya comenzara a despertar. «Dime más, ¿es real lo que cuentas?».

Un solo rayo de sol de la mañana entrando por los ventanales. Una mano que se abre para enseñarle una sola, parda y pequeña pluma de codorniz. Esta es la prueba, mira, mira, mira. La de la carrera obstinada y agotadora que hicimos juntas, hasta quedar transformadas y exhaustas.

Ninguna salió mal parada, y si acaso perdimos fuerzas, con exceso las recuperamos juntas.

*

Quiero entrarle por detrás muy poco a poco. Que quede quieta y sorprendida. Quedarme quieta y sorprendida. Las dos así, unidas por el deseo hacia la transgresión de un límite.

*

Me lame la boca muy lento, mi boca no se mueve y ella está mamando mis labios con su peso apoyado sobre mí, con el pelo largo cayéndome sobre el pecho. El olor de su aliento, el vapor de aire que viene de la expiración de las dos mezcladas.

Y si me toma, seria, mirándome de frente, con la gestualidad calmada de quien sabe lo que hace y no necesita ostentarlo, entonces sacaré la voz de niña, el gemido pequeño, y también serpentearé y me abriré bajo sus brazos.

6

Al apoyar la compra sobre la repisa de la cocina, caen rodando varias ciruelas de un color brillante que van a parar a la bañera de piedra que forma el fregadero. Sin sorpresa, las deja rodar y abre el caño de agua para que el caudal moje la fruta. Actúa con naturalidad, su forma de moverse generando pequeñas escenas que no puedo fotografiar me mantiene expectante.

Pronuncia: «Buenos días, bonita».

¿Se lo dice a todas?

*

Ella y yo solas de nuevo. Más que nunca quiero preguntarle dos cosas: qué tiene con Greta y qué busca en mí. El caso es que no siento que tenga derecho a poner en una encrucijada de palabras su intimidad. O tal vez esto es una excusa y simplemente temo la respuesta.

Una respuesta incorrecta arruinaría mi libertad para seguir fantaseando.

Hay un placer en la fantasía que no siempre valoramos. Yo, sin embargo, porque he decidido quedarme en esta casa, atrapada en este tiempo de tensión y de espera, siento que comienzo a encarar mi propio deseo. Tal vez nunca llegue a comprender qué es lo que mueve a la otra, pero estoy un poco más cerca de entender lo que me mueve a mí.

*

Leo en uno de sus libros que la fantasía es la respuesta a la pregunta «¿Qué quiere la otra?». Fantasean las niñas cuando al preguntarse por el amor de la otra —«¿Qué quiere mamá?»— ya no pueden contestar con certeza: «Me quiere a mí». Algo se ha inmiscuido entre el amor y la madre, de modo que aparece una sombra al mismo tiempo angustiante y seductora, que sugiere que la madre es alguien más allá de su amor por la hija, una otra que por independiente también da miedo, pues es capaz de dañar.

En la fantasía la niña ensaya los escenarios posibles donde la madre la rechaza y la elige. ¿Qué quiere la otra? ¿Quién he de ser para que la otra me quiera? Imagínalo, pon a prueba el gesto, falséalo, ensáyalo. Una gran directora de cine es la niña en silencio. La hija única, una gran seductora, por única hija parece estar más cerca de captar el deseo total de la madre. Solamente un hombre, o la idea de un hombre, de vez en cuando, se interpone.

¿Qué tiene el otro que la otra quiere?

Mira, mira, yo también lo tengo, mamá.

Entre mis manos brilla con mayor inteligencia, es la dulzura, mamá.

*

Más libros abiertos sobre la mesa del comedor, una cita de *Fragmentos de un discurso amoroso*: «Hago discretamente cosas locas: soy el único testigo de mi locura. Lo que el amor desnuda en mí es la energía».

También yo soy esa loca que fantasea escenarios y no los comparte nunca. Una que ama, odia, envidia, que por ello podría sentirse culpable y aun así sé que hay algo en mí que no termina de estar mal del todo.

Soy todavía infantil: entrego mi vida con inocencia.

*

Ella de cuclillas en el suelo de la cocina, sujetando la cabeza de la perra mientras mira concentrada dentro de uno de sus ojos. La imagen es extraña, un cuerpo de mujer asomada a un ojo de lobo inmóvil, que consiente una aproximación. Tiene parte de la melena enmarañada dentro de la camiseta y la otra parte le cae hacia delante, cubriéndole la mejilla. Sus pies, de dedos cortitos y redondos, dejan una nubecilla de vaho sobre la cerámica esmaltada del suelo. Nunca antes me había fijado en que le falta un trocito de la uña del pulgar derecho, que parece llevar años ausente.

*

La perra despertó con una gran legaña verde cubriéndole el ojo y ella estudia el lacrimal, moviendo la piel de alrededor hasta descubrir un bultito enrojecido.

«Hay infección, el tejido conjuntivo está inflamado, ¿no ves? Le pasa siempre, desde pequeña. Le ocurre cuando viaja o cuando hay cambios en su entorno. No se queja, parece tranquila, pero la procesión va por dentro. La veterinaria pretenderá que vuelva a echarle antibiótico. Pero lo mejor será ir lavándola con flores primero y esperar a ver cómo evoluciona. Enfermera, necesito su ayuda, acompáñela y que se quede quieta mientras pongo a hervir las flores».

Pregunto qué flores son esas y callo la otra cuestión que más me preocupa. Si la perra está en su casa y, más allá de nuestro corto viaje su rutina parece impoluta, ¿cuáles son los cambios en su entorno? ¿Habrá querido sugerir que mi presencia la altera? ¿Será esta conversación el inicio de otra, donde me pide que vuelva a Barcelona?

«Manzanilla, claro, un clásico para la conjuntivitis», responde mientras vacía un bote de bolas amarillas en el interior de un cacillo rojo con agua hirviendo. Después se nos acerca con un cojín amarillo en la mano, que deja caer al suelo. «Ponte cómoda, todavía tiene que reposar y bajar temperatura hasta que podamos aplicarlo». A menudo habla en plural para referirse a acciones que prácticamente realiza sola. En ese plural mi rol se vuelve importante. Sostener a la perra por el collar, acariciarle detrás de las orejas, estar pendiente de que no se marche o de que no haga un intento de rascarse.

Tras colar el líquido y colocarlo en una taza verde saca de un pequeño armario un pedazo de gasa blanca que va sumergiendo en la infusión. Inclinada hacia nosotras comienza a limpiar el ojo con la gasa mojada, de forma que toda la telilla legañosa que cubría el párpado se comienza a despegar.

No muestra ni un solo signo de asco. Ella podía cuidar. Seguramente lo había hecho también con su madre, de un modo u otro. ¿Por qué tanta culpa?

*

—Hace mucho que no intentas tomar ninguna foto. ¿No tenías algo que entregar?

—El encargo, las fotografías para el libro —dije—, no lo acepté porque me interesara el trabajo en sí, sino porque quería ser tu invitada; ser tu invitada, y después regalártelo.

—¿Regalarme el qué? —pregunta, sonriendo un poquito, solo con un lado de la boca. La curva del final de la boca, bajo la suave hendidura de un hoyuelo.

—El libro.

—Ah, ¿no me digas? Era eso.

Llevaba algo escondido en el puño que la perra lamía, intentando que abriese los dedos.

*

El movimiento balanceado en sus pasos me hace recordar una imagen, cuando me fijé en su cuerpo completo por primera vez, al apearse del tren. La delgadez y la fuerza de las piernas me impresionó. ¿Podría algún día amarme una mujer de piernas delgadas? Aunque ya lo habían hecho otras, cada encuentro entre la diferencia de un cuerpo así y el mío abría la brecha de una nueva inseguridad.

Un cuerpo así. El contorno visto por detrás, con el tobillo desnudo apoyado sobre un tacón bajo. Hablo de la definición de un hueso bajo la piel. ¿Qué significa? Un cuerpo capaz de ser movido, alzado en brazos. Un tobillo aspiracional, nos enseñaron…

Pienso que en sus gestos no es tan distinta a esas niñas ligeras, sonrientes y crueles a veces. Las niñas que eligen y desdeñan a amigas, pero a su vez son brutalmente elegidas y rechazadas por los chicos.

Su elegancia: tal vez un hierro que atraviesa la espalda y que el cuerpo ha pasado a reconocer como propio. Lo rodea un campo de tejido. Al final es flexible, como una caña.

*

Hoy estuve bastantes horas al sol en el jardín y la piel se me secó y se pronunciaron en la frente algunas arrugas. Al entrar en casa y mirarme en el espejo del baño mi ojo izquierdo también parecía más irritado que nunca.

Miedo al monstruo que seré mañana. ¿Me operaré un día para que sean capaces de amarme cuando todo el globo quede cubierto por una purpurina de células ensangrentadas? O maquillaré de verde rubí el párpado y las ojeras, buscando otro color brillante que combine con el mío propio, como un hermoso antifaz. Mi cara como la de la salamandra.

Miro el ojo de la perra, ya curado de la infección. Lo comparo con el mío.

Como mujer soy un cuerpo extraño, siempre lo he sabido. La propia palabra «mujer» despierta una voluptuosidad que me incomoda si ha de caer sobre mí. Sin embargo, ella… su atractivo también es la conversación que su belleza mantiene con la norma. Ni dentro ni fuera. Una conversación poderosa, irrespetuosa, arrogante. Si acaso alguien la considerara fea, entonces su fealdad igualmente se convertiría en un referente de lo estético. Su posición siempre es el centro, su presencia hace que todo lo que hay a su alrededor se ilumine o palidezca, según su voluntad.

La nariz recta, la mirada triste.

*

Me preparo un café a las diez de la mañana. Me ha costado mucho levantarme después de haber dormido interrumpidamente.

Ella hace tiempo que salió a pasear al mar con la perra, seguro. Sobre la mesa de la cocina dejó una taza con restos de café y un plato manchado de aceite, con algunas migas y semillas. También hay un bolígrafo negro de un hotel neoyorquino y un cuaderno pequeño. Estos son los primeros indicios de su trabajo que veo en días. Empiezo a pensar que tal vez la razón de ese ligero abatimiento que acompaña su carácter sea que no escribe, que no puede escribir.

Pienso que abrir la libreta no es un atentado contra su intimidad sino un gesto de autoprotección. Necesito saber en qué tipo de relación, con qué tipo de persona, estoy quedando atrapada. Si soy capaz de entender lo que ella siente imagino que seré capaz de actuar de la forma más práctica posible.

La letra es alargada e irregular, pero resulta perfectamente legible. Una siempre dudará de si la intimidad «olvidada» al alcance del ojo mirón no es simplemente una carta con destinatario claro. Hasta donde sé, hoy no espera visitas. La destinataria he de ser yo.

«La distancia en el amor no es una pausa, ni un vacío. La distancia es donde se preparan los significados de lo que se vivirá después y de lo que se ha vivido antes. Es en la ausencia donde la mente construye una idea del vínculo. Por eso algunas personas necesitamos que el amor se practique en ausencia también». L. Lutereau

¿Es posible estar juntas a destiempo?

Convivir y aun así hacerlo preservando como truncamiento una distancia temporal:

No estar juntas en el tiempo del deseo. Del afecto. O del ánimo.

Con la recurrencia de momentos donde faltó la sincronía se construye la distancia irreparable. Esto ya lo conozco de antes.

Asincronía con la otra: ¿cuánta puede soportar un cuerpo sin desesperanzarse? ¿Es la experiencia de la asincronía un evento que genera desafección y ruptura o es lo relacional naturalmente «a destiempo»?

Nunca llegamos a la alegría a la vez porque nuestras heridas tienen naturalezas distintas. Es evidente, dos animales heridos de dos males distintos, teniendo sus males en común el hecho de que afectan a su capacidad de entrega. La truncan.

Cuando el eros no encuentra su vía, pero el contexto sugiere la seducción, cada una en silencio esperará a que la otra ataque primero.

Si yo pudiera romper en llanto, chillar violentando el tenso orden, ¿recibiría tu pasión?

Ya otras veces me han observado desde afuera mientras sollozaba como un lactante, sin entender que mi llanto era siempre un llanto de amor.

Recuerdo la rigidez fascista de quien no sentía ni podía acompañarme. No hay compasión si el cuerpo no se conmueve. No quiero que se repita otra vez. ¿Cómo exponernos a conocer la falta de compasión en aquellos a quienes elegimos?

Angustia: el cuerpo piensa que la única forma en que podrá sobrevivir es reparando el vínculo del amor dañado.

No entiendo el texto porque no entiendo mi lugar en su discurso. Puedo estar dentro, ser la otra, o estar fuera. No tener un lugar en su escritura por no tener un lugar en su deseo.

Parece que una libreta robada no revela nada, solo sirve para confundirnos.

*

Estoy aquí. Una se dirige inexorablemente hacia el encuentro con su propia historia.

Me alimento de la información que voy robando. Hambre de saber. Leo sus libros de la estantería del salón. Si conozco lo que ella sabe, tal vez terminaré por entenderla. Leo mucho más de lo que ella lee. Mi voz mental ha cambiado su tono a causa de los textos y su musicalidad. Hay una narración en mi cabeza. Observo lo que está pasando y la voz narra y acompaña mi silencio. La voz por dentro, la boca bien cerrada.

*

A veces soy crítica. Juzgo su aparente improductividad. Tal vez trabajó antes y ya no lo vuelva a hacer. A veces me da rabia ese hedonismo a través del cual dirige su energía a ninguna parte que me sea familiar. Me da rabia su mirar al vacío, su encerrarse en la mente. También el placer que recibe al mimar a su perra. Según espero a la materialización de mi deseo observo cómo progresivamente me voy inundando de peores sentimientos.

¿Con quién folla ella? ¿Cómo lo hace? ¿Por qué me obsesionan tanto estas preguntas? Porque por mí se ha decidido que yo no he de saber. Su silencio, y tal vez esta sea la respuesta más sencilla, se debe a que yo estoy aquí. Mirando. Fascinada por su intimidad. Interrumpiendo los ritmos normales del fluir en esta casa.

*

Una tarde roja. Roja como pocas.

Vemos la puesta de sol desde el paseo, donde la hilera de casas frente al mar. Ya termina septiembre, y solo unos pocos turistas cenan en las terrazas. Pedimos calamares con habitas, ensaladilla rusa y sardina ahumada. Sirven la mitad de una sola sardina desnuda en una rebanada enorme de pan con tomate. Está tan sola que el efecto del plato resulta cómico.

«Yo la adoro, a usted». Habíamos bebido. Lo escuchaba en mi propia voz, dicho una y otra vez por dentro mientras nos reíamos juntas. No lo pronuncié.

*

Seguro que ella no ama, o al menos no ama con pasión, porque no hace las cosas que las personas enamoradas hacen a la vista de quien les revuelve.

¿Qué hace una persona que ama? ¿Cuáles son los gestos de una amante «normal»?

No puedo evitar preguntarme una y otra vez una serie de cuestiones inapropiadas. Su planteamiento es nefasto, pero quisiera usarlas como un molde para medir mi suerte o mi desdicha. Elijo formular la pregunta incorrecta, que apunta a un trabalenguas agotador destinado a llevarme a un callejón sin salida. Lo sé, no es respeto por la realidad distinta de la otra lo que me mueve, sino una rabia, la queja que nace de una insatisfacción. Le pido a mi sexo que calle. Le pido a mi carácter que no sea una autoestima rota, dañada desde el nacimiento.

No llevo vestidos, no soy coqueta: la herida de no ser nunca suficiente es mi marca de género. La visto en secreto: haría lo que fuera por ser la elegida. Bajo ropa neutra llevo un sexo que llora como un ego herido. No es amado. No. Quién podría tomar por amor esta indiferencia.

*

Me muevo por la casa de puntillas, recojo del baño todos mis objetos para no dejarlos demasiado a la vista. No deseo que mi presencia en su espacio sea excesiva, sino que falte y la demande, dándose cuenta de la distancia que yo misma me impongo. Esta noche, después de la cena, parece que quiere quedarse charlando. Que la acompañe aquí sentada, en la cocina.

Al hablar, se lleva las palmas abiertas al cuello. Protegiéndolo. Sujetándose la voz. La mirada inteligente y triste cae hacia abajo. Aprieta la mandíbula con sutileza y mira con desconfianza la cámara que cuelga de mi silla, fuera de su funda. No la tocaré.

*

La desidia. Después de la frustración y la tristeza llega la desidia.

Una pasión acomodada en la desesperanza.

En la desidia ya no se desea a otra, sino que se termina por desear ese heroísmo recién conquistado: la calma en la insatisfacción.

7

CUADERNO DE NOTAS

Quién soy yo más que la memoria viva de una niña sin casa. Que, como una ladrona, tras la muerte de la madre, tuvo que vaciar en tres horas el espacio donde la familia vivió, antes de que lo cerrasen. Acompañada de tres hombres desconocidos con sus aparejos para embalar. Iluminando con velas los armarios porque habían cortado la luz.

¿Cómo puedo explicarle a ella, o simplemente cómo puedo recordarle, que el cuerpo adulto no supera según qué cosas?

La pérdida de lo primero, lo estructurante obligatorio: papá, mamá, casa. La debacle primera que prueba que todo en la vida, hasta lo más nuestro, es susceptible de la debacle.

Un vínculo dañado por violencia rutinaria en el espacio familiar. Una madre enferma. Un padre ahogado por una madre enferma. A la que ya no quiere. No quiere cuidar. Tenerla frente a los ojos.

El padre se muda a otro país. Comienza a hablar otro idioma. Nace de nuevo a muchos kilómetros de distancia. Cambia de todo y, sin embargo, cuando se vuelve a enamorar lo hace de otra

109

mujer muy parecida. Tiene un hijo más, un hijo varón. Poco a poco corta el contacto con la hija. Lo consigue con delicadeza, a través de pequeños olvidos. Una hija que le recuerda demasiado a aquella primera mujer. A la pasión y el terror que le produjo. La muerta en vida.

La niña quiso cubrir sus ojos y no verlos a ellos. No ver a la madre a la vez anidando y quemando la casa por dentro. Queriendo y maltratando a su familia. La hora de la cena, el vino, los gritos. La madre sabe que está muriendo. Se lo han dicho los médicos. Pero sigue viva. No soporta estar viva lejos del padre a quien su vida ya no importa. O importa demasiado. Tanto que huye, es incapaz de vivir en la misma tierra.

Escribe Anne Dufourmantelle:

> Aunque dos padres se desgarren, no siempre hacen hijos tristes. En efecto, los niños no pueden darse ese lujo, están bastante ocupados sosteniendo a estos padres y en la tentativa de estar a la altura, haciéndoles creer que la vida es posible y que vale la pena. Son ejemplares, pequeños soldados bien derechos en sus botas, armas ligeras en el puño y el ojo bien puesto sobre la línea del horizonte, eternamente alerta. No duermen mucho, lloran muy poco y no se quejan nunca.

> Aprenden día a día que el amor es la guerra, lo aplicarán con mucha consciencia y buena voluntad a lo largo de toda su vida.

Evalúo mi infancia: eternamente alerta, bien derecha en mis botas, el ojo bien puesto en la línea del horizonte…

¿Y cómo evita, la adulta que soy, repetir el dolor?

Intentando evitar repetir el escenario que posibilita la pérdida. Evitando que el sentido de la vida repose en la antigua ecuación: dos personas, un amor, una casa. Ella ha de proveerse a sí misma una casa que solo dependa de su propio deseo de hogar, para así romper el hechizo y poder vivir sin miedo a ser expulsada por el fin del amor.

¿Cómo algún día, ya madura, trató de evitar la pérdida? Aceptando la violencia que la otra mujer, su pareja, le ofrecía. Incluyéndola en su vida, normalizándola, para perdonarla.

Diciéndome a mí misma que es normal recibir violencia: la de la madre, la de la pareja. Sin quererlo pensé que quien era más dura conmigo más me amaba.

Así, durante muchos años, elijo no a quien me alaba sino a quien utiliza el lenguaje de forma más agresiva, a la persona que ve en mí las mismas fallas que vio mi madre. Las dos, madre y pareja, odian que sea el centro de atención. La escritura, de pronto, me pone en el centro. Mientras cruzo la mirada con otras que responden con ojos brillantes, ellas, las mías, desprecian, con la complacencia y la superioridad de cuando creemos que despreciamos «por justicia». Ese tipo de amor me es familiar y, por tanto, durante largo tiempo, lo considero verdadero: «La infancia como un campo de batalla. Con un orden de lealtad incondicional.

Después de muchos años esa relación se derrumba. Y no es de hecho un final catastrófico, ocurre por desgaste, por agotamiento. Cuando ya no temo la pérdida –porque siempre ha acechado con fiereza– un buen día compro una casa a sus espaldas. Empiezo a faltar muchas tardes, atareada por las cuestiones de la obra. Es así como me acusa de tener una amante. No tengo amante, pero sí un secreto. Y en ese momento estoy aprendiendo por primera vez en la vida el derecho a una intimidad propia. Es decir, el derecho a no contarlo todo, no confesar. Una casa y una intimidad propia avanzados los cuarenta. Una independencia alcanzada progresivamente. Una herencia que me entrego a mí misma.

Un día adopto una perra. Y eso ya no puede ocultarse. Porque con la perra comienzo a desear. Precisamente deseo no separarme del cachorro. Al día siguiente la cachorra y yo nos trasladamos a la casa, sin equipaje. A la otra envío una empresa de mudanzas para recoger mis cosas. Eso lo aprendí de mi padre: no seguir poniendo el cuerpo cuando lo que una necesita es irse.

Estamos hechos de la textura de los fantasmas, de ellos está hecho nuestro linaje y los otros, los encuentros de paso, los sueños, las posibilidades, los encuentros fallidos, las esperanzas. Nuestros fantasmas saben mejor que nosotros eso a lo que hemos renunciado. Estar bañados en guerra […] significa que no podemos ni ofrecernos en el amor ni perdernos, solamente intentar guardar el frágil territorio que le ganamos a la violencia.

Yo podría contarte todo esto, niña, para que comprendieras. Pero para qué intoxicar tu vida con la mía. Además, tú nunca haces preguntas. Es importante el respeto hacia el deseo de no saber.

En ningún momento ha intentado tocarme con un avance lo suficientemente claro. No seré yo quien lo haga, por la diferencia de edad es justo que sea ella quien muestre su voluntad, pida. Ha de estar segura, ha de decirlo claro. Continuar el gesto de las manos en el coche, puesto que aislado ese gesto no es suficiente. Necesito que sea ella quien avance su voluntad, la pronuncie. Incluso más de una vez, incluso más de dos.

Si fuera yo quien diese el primer paso, si lo diese como un salto al vacío y el cuerpo suyo se contrajese hacia atrás ensombrecido o, peor, si permaneciese inmóvil y aceptase el beso o incluso lo devolviera por la presión de vivir en mi casa, o la influencia rara de mi nombre: ¿cómo iba a poder superar el horror de haber adelantado mi deseo a su voluntad?

Sobrepásate tú si quieres, déjame consentirte con mis años, sé torpe en mí, sé atrevida, caprichosa, sé incluso una niña tirana hambrienta, pero hambrienta de carne, no de imágenes que poder vender a las otras.

Escribe L. Lutereau:

> Las más de las veces, si el encuentro giró en torno a la seducción, cada quien obtendrá la satisfacción narcisista de ser deseable, pero eso no genera un compromiso. La seducción sin correlato en acciones tarde o temprano termina en la decepción. En esta época en que se habla de «conocer gente» a través de salidas o citas, más que a la seducción importa prestar atención a la intimidad que se genera, o no. Intimidad es lo que se comparte, lo que se da y no tanto lo que se muestra, si hay lugar para otro en la propia vida. O no.

Del latín *seducere*, formada por el prefijo separativo «se-» y el verbo *ducere* («guiar»). *Ducere* viene de una raíz indoeuropea, **deuk-*, que significa guiar, dirigir y conducir.

¿No es posible pensar en un sentido de la seducción que no tenga connotaciones negativas? Una seducción que no implique un juego de poder, un alejamiento negativo del origen de una hacia los intereses de otra. En la forma en que yo la estoy pensando, la seducción significaría un desplazamiento del yo hacia la otra que constituye un tercer espacio: el de nosotras juntas. Nosotras que ya no somos ni tú ni yo, ni tu historia ni la mía, sino el entramado flexible de un nuevo tejido, la urdimbre de la historia previa de cada una antes del encuentro que nos trenza. Eso quiero: sostener los mechones juntos hasta la disolución del límite, hasta que la trenza enreda sus hebras sin lógica de unidades combinadas, sino que se amalgama con pasión e intuición.

Estoy intentando defender para mí misma un significado de seducción que traiga los rituales del guiar, conducir, hacia un poder movernos desde la individualidad hasta el tercer lugar de la intimidad compartida.

Para llegar a la intimidad hace falta deseo, pero sobre todo hace falta tiempo, convivencia, exposición a la presencia de la otra. ¿He de decirle que esto es lo que buscaba al invitarla a pasar el final del verano conmigo? Pero una seducción confesa, ¿no dejaría de serlo? Interrumpiría el misterio del deseo de la otra. Sería como estar forzándola a participar en mi relato de lo que nos está ocurriendo, cuando tal vez el suyo sea tan distinto… ¿Qué quiere ella de mí? ¿Unas cuantas imágenes? Luego el riesgo de verla marchar como una extraña con una carpeta de fotografías bajo el brazo. Verla abandonar esta casa, mi privacidad saqueada y ya la prisa, propia de su edad, por vivir algo nuevo. En la seducción una se protege porque aún no conoce la voluntad de la otra. ¿Cómo va a conocerla si no ha tenido siquiera tiempo de comprender la propia? Todo vira tan rápido al principio, es tan poco fiable… Estoy triste de un amor antiguo que no medró, no puedo exponerme a que ella hoy venga con su centelleo y mañana no pueda sostener siquiera la mirada porque ya no siente.

A veces la veo seria, escurridiza, negándome la palabra cuando coincidimos brevemente en el pasillo, y parece que no se ha dado cuenta de nada. O al menos no se ha dado cuenta de que es cuestión de tiempo. Se necesita tiempo para que la seducción avance y el deseo lime las esquinas de la diferencia. Nos prepare para caer juntas, una sobre la otra, como dos cantos rodados. Casi confío, pero aún no confío. Me aleja de ella el fetichismo que no sé si es propiamente suyo, o de una generación. Me escandaliza que al llegar pensase que tras dos días juntas ya podía tenerlo todo de mí. Y luego qué: ¿una fotografía torpemente subida a redes, que comunique algo, cuando aún nos queda tanto trabajo por hacer? Los trabajos de la seducción, de la escritura.

Tenía su edad, treinta años, y un principio de cáncer en el cuello del útero. Intentaron eliminarlo de varias formas y no sucedió. Empecé a impacientarme y a sufrir: yo quería que me quitasen el órgano entero, la posibilidad, la espera. «Pero aún no eres madre, eres joven», repetían indiferentemente doctoras y doctores frente a mi caso. «Puede afectarte, ¿sabes? Psicológicamente. Muchas sienten que de algún modo dejan de ser mujeres».

Lo que me afecta psicológicamente es que ustedes me castiguen dejándome dentro algo que puede matarme. Porque han decidido que una mujer es un cuerpo con una bolsa de crianza. ¿Qué es ser mujer? Es la materialización de una creencia. Y yo no creo. «¿Y si cambias de opinión y deseas la maternidad luego?». Siempre había rechazado la idea y ahora, con la anunciación de una posible muerte dentro, tan parecida a la de mi madre, y el útero encadenado a la identidad, engendrar un cuerpo humano me generaba otra cosa, era rabia, repulsión.

Fui maternal, sí, como lo soy ahora. Con todo tipo de animales: jóvenes crías y viejos lentos. Con todo mi cuerpo les cuido. ¿Es eso maternar? Retirar con amor las heces y los vómitos de la perra cuando ocurren. Dormir sobre una cama que se llena de pequeños pelos caídos. Aceptar sus interrupciones constantes en mi tiempo de trabajo con ilusión, sin enfado. Cuando era cachorra, deseaba verla crecer. Y de anciana, le desearé una vida sin dolor. Ante todo, me importa su bienestar. Y pongo mi cuerpo, inmediatamente, para lograrlo.

No acompañé a mi madre hasta el final. Era demasiado grande el conflicto. No había sido buena conmigo, su envidia se lo impedía. Tuve miedo de ver la imagen cambiada de su rostro. Tuve miedo de su rostro, pero no era la primera vez. Siempre lo había temido; su ira, el gesto de tensión que anunciaba problemas. Sin embargo, materné a mis amigas. A mis amigas, fuera como fuera su sexo. Las escuché hablar con la voz aguda de la cría de gorrión que pide, obscenamente visible, con el pico abierto. A hombres no conocí, y mi padre vive en otro país. No he venido yo a este mundo para sostener a los hombres ni para enseñarles nada. Cada cual ha de conocer secretamente su propósito. Lo que quieran tomar de mí, no será en mi casa, sino desde lejos, en la escritura.

¿Quién desea todavía ser llamado «un hombre normal»? Si me hubiesen dado ese traje al nacer, yo misma me lo arrancaría y a cuatro patas me arrastraría hasta las otras, que ya no lo tienen, buscando refugio.

No somos guapas, en el sentido normal del término, pero la belleza rebosa allá donde nos posamos. Esa realidad no se me oculta. No puede discutirse. El espacio que ocupamos juntas se contrae, reacciona en espasmo, se complace. Aunque nuestra estética sea austera, vestimos formas simples y de colores apagados, nuestra presencia en el espacio lo revoluciona, es un lujo que hace florecer a las glicinas del jardín, redondas y olorosas.

Contemplo a la niña fotógrafa, la veo salir de su cuarto. Pienso que ya el relato del amor nos sostiene. Le digo: «Buenos días, bonita» y es a mí a quien recorre un calambre de placer desde el vientre hasta el pecho. Aunque sea ella a quien las palabras sorprenden y dejan intranquila pero quieta.

«Buenos días, bonita»: se pone nerviosa, trata de entender si la frase es algo que se dice a una niña, una amiga o a una amante. Si me preguntase, si al fin se atreviese a preguntarme directamente, le diría: amor, no te preocupes, somos todas esas cosas.

Es un privilegio, el mío ahora. Tengo hoy en casa a una joven despeinada, lenta solo al amanecer, a la que decir «Buenos días, bonita».

Pronto voy a besarla, después del saludo en la mañana. Ya será natural hacerlo. Hoy me regocijo en los momentos previos a que ocurra. Ojalá no sufra en la espera, ojalá sepa también disfrutar este momento.

8

*

La escritora ausente por un viaje de trabajo. Diez días. Pronto iré a Barcelona y por eso se queda Greta para cuidar de la perra, para regar las plantas.

Lleva los jeans de esa forma elástica y apretada. Sin la escritora delante, su belleza es un regalo lujoso y excesivo. Puedo mirarla.

*

Junto a mi escritorio, donde están el vaso alto y los girasoles, con un pañuelo largo de rayas verde alrededor del cuello, Greta inspecciona una de las cámaras más sencillas, una *point and shoot* de 35mm, con lente de plástico. «Casi de juguete», le digo. «Pero la luz desde la ventana, el amarillo de los girasoles y la textura del mechón de pelo atrapado bajo el pañuelo verde oliva, todo eso tendríamos a nuestro favor».

Ella sostiene la mirada para la fotografía, no parece preocuparle el tiempo que tardo en disparar porque no cambia los ojos y sonríe varias veces. Es mucho, la boca. Imagino cómo podrá verse: el labio de arriba un poco elevado porque la paleta izquierda es grande y se le monta sobre la derecha.

*

Ha olvidado quitarse las zapatillas de deporte y cruza el salón sosteniendo una loncha de queso delante del morro de la perra, que la sigue. Nunca en casa de la escritora se pisa con calzado de calle.

–Has olvidado dejar las bambas en la puerta –le digo, y Greta se lleva la mano a la boca, pone cara de susto y luego se encoge de hombros.

–Un día es un día.

*

Se ha sentado sobre mis piernas en el sofá y ríe, ríe tanto que le saltan las lágrimas. Trataba de abrir una botella de vino con un cuchillo y el corcho resbaló hacia las profundidades salpicándolo todo; su pelo, su cara, mi camisa y la pared. Antes de llegar tan cerca frotaba la pintura blanca marcada de vino con la manga de su propia camisa y yo me hacía la escandalizada por tanto desvarío y comportamiento errático.

Nos parecemos en nuestras formas de buscar la calma. La urgencia por beber tan pronto como nos quedamos solas en casa. El ordenador con un programa de citas de la televisión. Humus directamente del bote. Una bolsa de palomitas.

Es suave sobre mí, es fácil, empezó con prisa, pero ahora lentamente se deja besar.

Recuerdo lo que era: estar dispuesta a sacrificar cualquier cosa a cambio de esa sensación. Voy a entrar en la boca, estoy entrando en la boca.

Un recuerdo de embriaguez. Ya lo he vivido antes, pero parece la primera: besar.

No me falta nada, es la dulzura.

Me digo que este, y no la ira o los celos, es mi lugar natural.

*

«Imposible saber que eras tan divertida, si tuviese que juzgar por el tiempo que hemos pasado las tres, diría que te traías un rollo corazón herido de tía medio oscurilla, sabes, tipo de persona que tiene una historia como un trueno atravesada. En plan que rompió contigo de mala manera la noviecita en primero de primaria y te cambió por un niño que dibujaba mejores dinosaurios con las cariocas y no lo superaste. A partir de ahí fue todo resentimiento y *darkness*, mezclado, sí, con inteligencia y cosa tierna, que se deja ver de vez en cuando. A mí no me motiva especialmente la energía críptica, pero en tu caso tiene un punto de niño enfadado que me pone bastante».

*

Echa crema en la punta de los dedos y la extiende alrededor de sus párpados. Deshace un moñito que llevaba en la parte alta de la nuca y desenreda el pelo mientras se mira al espejo y me habla de la última vez que escuchó cantar a Ángeles Toledano en Sevilla. «Me encanta, me encanta, me encanta, ¿sabes esta canción, cuando canta a los saeteros? "Sobre la noche verde, las saetas dejan rastro de lirio caliente… Los saeteros están ciegos… como el amor, están ciegos…"».

Canturrea. Se hidrata los labios con vaselina. Todos esos gestos. Su delicadeza, el placer absoluto de poder mirar a una mujer.

*

Se sienta en el bidet y se lava con agua tibia.

Ha dejado la puerta del baño abierta y me habla desde dentro. La observo desde la cama.

Alegría, alegría, alegría.

*

La intimidad es el cuerpo. Un misterio que no puede resolverse con palabras de este mundo.

Despierto junto a ella y ya ha ocurrido. ¿Fue la cena y la conversación? No, entonces todavía éramos dos personas con voluntades e historias separadas, aunque de pronto nos entendiéramos bien.

La intimidad vino después, en una combinación delicada entre sexo y lenguaje. Las pocas palabras que pronunció ayer me protegían en una vaina de deseo constante y macizo: «Quiero esto, lo busco, lo disfruto». Nombrar el olor. El sabor. ¿Voy demasiado rápido? Da igual, es verdad, soy veloz, Greta también.

Rompo aguas y ella lame. Dice que por dentro soy suave. Que el tacto de aquello es lo aterciopelado que recubre algunas frutas. Que a ellas, las mujeres que pasan la mitad de su vida con hombres, han tratado de ocultarles la existencia de esa suavidad. «Una no se puede conocer a una misma de esta forma, ha de estar dentro de otra». Dice que podría también llegado el caso morir por hacer suyo un lugar así. Que lo mancharía si su cuerpo pudiese fabricar un fluido espeso con el que mancharlo. Que las ganas de llenar ese lugar son feroces, que instinto e imaginación se encuentran indistinguiblemente unidos en un deseo tal.

Dice que no le importaría llegar dentro y que luego se apagasen las luces y terminara todo.

*

Estoy comenzando a amar a alguien que ha dicho que disfruta tenerme en la boca. Lo pronuncia y yo comienzo a amarla mientras lo dice. «Busco esto en ti: el olor, el sabor. Lo quiero. Lo persigo. Podría quedarme en él, o dejarlo un segundo y volver para recuperarlo». A veces necesitamos que la vivencia se complete a través de pequeñas afirmaciones que nos permiten interpretarla con cierta seguridad.

Porque me busca puedo bajar la guardia y darme de espaldas y ceder los esfínteres bajo los dedos si pulsan. Puedo correrme en su boca y recuperar el beso después.

Desnuda junto a ella mi cuerpo parece normal. No hay grandes diferencias entre su volumen y el mío. Esa similitud me protege.

*

La intimidad es el tipo de entrega con la que se dio. Nos asombra cuando ya no es posible experimentar el asco y solo hay voracidad, glotonería. El cuerpo se sabe deseado, entonces cede sudor, saliva. Encajan los muslos, los vientres, las caderas. Palpando las nalgas, sosteniendo. Una espiral que de constante devuelve al punto de partida.

*

La generosidad del sexo enamora al cuerpo que duerme y besa al mismo tiempo. Serpientes sonámbulas haciendo sonar sus cascabeles. Moviéndolos un poquito, del mismo modo que el abdomen se eleva y baja en la respiración. Ahora nos recuerdo y nos veo, desde la perspectiva imposible del techo del cuarto, como dos serpientes enroscadas. Dos cascabeles temblando al final de dos cuerpos tubulares que se abrazan y se contraen. También para recibir el veneno abriría la boca, y si ella lo escupiera en mí no podría dañarme. Un licor, lo beberíamos.

*

Y me pregunto si somos miserables por estar aquí solas, comiendo a mordiscos la belleza de esta casa, disponiendo a nuestro gusto de la fantasía que con tanto tiempo y cuidado la escritora ha ido creando. Porque inevitablemente siento que hay algo de malo en estos minutos, horas donde estamos mejor sin ella porque estar sin ella nos hace más libres para mirarnos a los ojos, para reír. Tal vez abusamos porque estando aquí, utilizando sus objetos, dejando caer el vino —y que eso desate una broma y un ataque de risa–, nos olvidamos de ella. ¿Nos olvidamos? Me pregunto a quién de las dos se le hace más fácil omitirla, si lo logramos sin esfuerzo gracias al deseo o si el tres está para siempre inscrito entre Greta y yo y, por tanto, existir al margen de la escritora es un acto de justicia. Para sentir que nosotras también estamos definiendo las reglas de este juego, que hemos tomado el pulso del relato y que como cocreadoras las tres somos iguales: misma avidez y disposición a buscar la belleza, la misma vulnerabilidad y el mismo miedo al abandono.

*

Greta está fuera, tomando el sol envuelta en la toalla blanca de baño. La perra me sigue en todo momento y, ya en el jardín, camina muy pegada a mi pierna. ¿Sería capaz de venirse a Barcelona conmigo antes de permanecer en su propia casa con ella?

122

Digo: «Greta, preciosa, gracias por estos dos días, me has salvado de algo».

Digo que no quiero irme, que no, no, no. Digo que es una lástima, pero ya prometí estar en Barcelona por el cumple de una de mis compañeras de piso. Sospecho que sabe que soy tan cobarde que nunca podría quedarme esperando a que la otra volviera, darle la bienvenida después de haber saboteado de ese modo sus costumbres, su pequeño templo.

No sé si lo que hemos hecho está bien o está mal. No sé si a la escritora le resultará indiferente. Trato de imaginar su primer gesto, nuestra próxima mirada.

*

No poder salir de la noche cuando llega el día. Ni remotamente intentarlo.

Una vez en la ciudad, he dormido, me he duchado, he comido, bebido y hablado con personas en la calle y por teléfono. El recuerdo prevalecía.

Qué se hace con el calor. Con la energía que quedó.

El día siguiente y el siguiente como una caja de chocolates llena de papeles dorados en los que relamo los restos.

*

Mi propia urgencia en el placer y su voz tranquilizándome: «Despacito, nadie te lo va a quitar, es tuyo, mamita, tranquila».

*

Aunque creo que yo soy la única que cada día teme romperse. Mientras lo hacíamos fui al baño a tomar agua y lavarme las manos. Me observé en el espejo. Mi imagen era mucho más amable que cuando me había mirado esa mañana. La cara no parecía tan angulosa, desproporcionada. El rumbo de los ojos algo más simétrico. La piel se había encendido y en general parecía saludable.

*

Recordar escenas de pronto me abre el vientre con un latigazo caliente. Luego, en dirección opuesta, a veces me alejo y viene la culpa.

Vuelvo a una conversación con la escritora la noche antes de irse. Sonaba triste: «No es que no quiera hablar, es que con el tiempo me he vuelto más silenciosa. Antes solía creer que hablar era lo que debía hacer, lo que la gente esperaba de mí en una reunión informal; compartir reflexiones, historias. Luego, a medida que las cosas me empezaron a ir mejor, comencé a sentir que mis intervenciones se cargaban de un aura de autoridad que me hacía parecer pedante y protagonista. Vi cómo la persona que supuestamente más me amaba deseaba que me callase, no escuchar más mi voz por encima de otras en una mesa. Me resultó repulsivo el reflejo que me devolvía. Me propuse cambiar, aunque al principio resultaba difícil: hablar sin tapujos es lo que llevaba haciendo toda la vida. Era feliz hablando. En esa época también empecé a mirarme al espejo y sentir que había envejecido. Mi piel se había soltado de sus puntos de anclaje y la expresión era distinta. Siempre parecía cansada. De modo que pensé que había perdido de un golpe la libertad del habla y la juventud. Tenía bastante sentido que esas dos cosas ocurriesen juntas. A todas nos atormenta alguna vez nuestro reflejo. Regresamos a las otras enmudecidas del susto que nos dio mirarnos con los peores ojos».

9

CUADERNO DE NOTAS

Es un agotador viaje de trabajo. Una ciudad, otra, otra después. La amabilidad de las amigas a las que veo de año en año. Un avión, dos trenes y la noche en un hotel histriónico cuyo hilo musical no soy capaz de apagar. Llamo a recepción: «El hilo musical es parte de la personalidad de la cadena, está a disposición del cliente, igual que la carta de almohadas». Pienso en mandar un mensaje a las chicas y preguntarles qué tal, pero no quiero parecer controladora, o mucho peor, maternal. Intento escribir, pido una sopa para cenar y me hago en la máquina un café descafeinado. Después cojo una tónica de la neverita. ¿Dormiré hoy? Cada noche de viaje es un sorteo. ¿A qué hora me despertará gritando por el pasillo alguna persona con hijos que madrugó para ir al buffet? ¿Por qué madrugan tanto para bajar a desayunar? Santo dios.

Abro Instagram y durante largos minutos miro vídeos de animales. Lloro con el caniche que duerme sobre el nicho de su dueña cada vez que lo llevan a visitarla al cementerio, desde hace cuatro años. Echo muchísimo de menos a la perra. Odio no traerla conmigo. ¿Lo estará pasando mal sin mí?

Quiero preguntar a las chicas si está bien, pero sé que no debo. ¿Parecería una excusa? Echo de menos su pata sobre mi rodilla pidiéndome sopa insistentemente hasta casi arañarme. Subirla a la cama, aunque no esté permitido y en los hoteles siempre coloquen como alternativa un cojín en el suelo. Mirarla enterrar el hocico entre la ropa de cama blanca, esponjosa.

Las temporadas de hotel siempre me recuerdan a aquella residencia de tres meses en Italia, tiempo antes de separarme. Sí, es verdad que recuerdo mucho aquella época. Sentirse desgraciada en un paisaje perfecto es algo que difícilmente se olvida. Las ciudades bellas nos embrujan cuando las vivimos sin amor. *Que c'est triste Venise, le soir sur la lagune, les musées, les églises ouvrent en vain leurs portes, quand on cherche une main que l'on ne vous tend pas.* Como la canción. Suena cursi, lo sé. Suena grotesca una canción de desamor para quien no lo está sintiendo. La expresión del dolor de las otras tiene algo de obsceno para quienes viven con optimismo, pero el optimismo… ese don no es el mío. Aun así, me avergüenzo, claro. De la posibilidad de resultar un estereotipo: la escritora citando una canción de Charles Aznavour en un idioma que ni siquiera habla. Así me llamas tú, la escritora. Y me gusta porque me hace ser una escritora cualquiera. Una escritora cualquiera es considerada «demasiado intensa» en una conversación. Es motivo de mofa interna, mofa cariñosa algunas veces, quiero pensar.

Por eso la mayor parte del tiempo prefiero callarme y espero al papel… en papel las emociones se digieren distinto porque quien lee está sola, acude al texto buscando respuestas, una conversación y, por tanto, dispuesta a respetar. Si entra en la lectura ha entrado en el tiempo ritual donde se suspende el tipo de juicio que puede hacer que yo resulte ridícula en una conversación.

Durante el tiempo en esa residencia echaba mucho de menos mi casa y a mi pareja, a la que imaginaba con otras. Desaproveché, podríamos decir, el viaje viviendo psíquicamente en un lugar donde mi cuerpo no estaba. Un día de camino a la biblioteca me quedé mirando una iglesia construida recientemente, con un estilo arquitectónico contemporáneo, pero que mantenía los motivos cristianos: una gran cruz de hierro, un cuerpo con llagas, una madre con los brazos abiertos esperando a su hijo. Me di cuenta de que la puerta era de cristal y que se abriría de forma automática a mi paso como la de un supermercado. El espacio, de reminiscencia modernista, estaba bastante vacío y tenía algunas imágenes centrales de madera, iluminadas en rojos y azules. Caminé hacia las velas, que no eran de cera, sino una especie de lamparitas de gas, con un contendor de cristal y una mecha, y encendí una. Luego, reclinada, ocupé un sitio delante del altar menor.

Estaba sola, de modo que canté. Canté el avemaría según lo hacíamos en el colegio, un día al año, en el amanecer del rosario de la aurora. Después íbamos con algunas profes, las madres y las compañeras a desayunar chocolate con churros. Como habíamos madrugado, las niñas que hacíamos el amanecer del rosario podíamos entrar un poco más tarde en clase.

Dios, el amor y la culpa estuvieron en el centro de mi educación de niña. Hoy ya no creo en dios, pero entonces necesité ese canto que salió de mi boca y que antes había entonado muchas veces junto a mi madre y mi abuela. Rezar juntas, comer churros, un gozo inexplicable entre las cosas del ser mujer. Llevar un rosario en la mano y dejar pasar las bolitas entre los dedos. El tacto concreto de las cuentas que variaba de un material a otro. Alguno más pesado, otro plástico. Rugoso o resbaladizo. Siempre con la medalla de la virgen al final, que recuerdo representada con cara infantil, como si la bondad nos hiciese conservar un rostro de niñas. No de cualquier niña, claro, sino de infante que sostiene una calma y una inocencia que… Me estoy yendo demasiado lejos. Me refería al poder de los rituales de la espiritualidad más antiguos, que están presentes en el momento de configuración de la conciencia.

No fue larga mi estancia en Italia, pero cuando regresé su rutina en Barcelona ya era otra distinta sin mí. Ella había cambiado mientras que yo, melancólica, había suspendido la vida, como lo hacen algunas viudas que consiguen congelar el deseo en el lugar mismo de la pérdida, en torno al relato de un tiempo pasado. Encontrarla tan distinta, tan celosa de su intimidad en la misma casa compartida, probó que lo que yo había temido no era fruto de mis anticipaciones ansiosas, sino de una inteligencia oscura cuyos juicios, sin necesidad de mayor justificación, era prudente tomar por verdaderos.

Una vez juntas me di cuenta de que ella, que no me había echado de menos y había estado más entretenida que nunca entre reuniones de amigas y noches de bar, podía soportar nuestra convivencia porque estaba ausente. Era capaz de ausentarse dentro de su propio cuerpo, compartiendo la cotidianeidad, pero retirando la atención y el cariño. Por la mañana respondía tan rápido al despertador que abandonaba la cama antes de apagar la alarma. Yo siempre quedaba detrás, tendida, horizontal. Era rechazada en formas sutiles, que se presentaban como «soportables» para una persona «sana». Ella decía que mis largos periodos de soledad en el año de promoción del último libro me habían debilitado el ánimo, de ahí mi reacción excesiva a situaciones normales.

A pesar de haberlo preparado ella, la que era mi pareja no hablaba frente al desayuno y cuando yo tomaba asiento reaccionaba encendiendo la radio. Hacía sonar cualquier programa arbitrario, la azarosa voz de dos cretinos comentando torpemente una obra de teatro era más importante que hacer sonar nuestras voces juntas, la suya y la mía.

Muchas veces yo intentaba seguir el guion propuesto. Me acurrucaba en la hipótesis de que la vida en pareja no ha de estar siempre escrita con pasión por las dos partes. Tal vez nos engañaron, tal vez fuera esto. Luego había momentos donde simplemente no aguantaba más. Empezaba a llorar un llanto arrollador, molesto y, aunque involuntario y fruto de la desesperación, destinado a sabotear el pretendido equilibrio, la falsa calma, esa trampa que sentía me estaban tendiendo con toda la amabilidad. La trampa del capital, del sin amor, de la gente que se junta para tener una casa grande donde entra la luz y la certeza de que alguien con cierta inteligencia y sensibilidad te escuchará después del trabajo si las cosas se ponen feas.

Y yo lloraba y gritaba: «Joder, no ves que estamos acabadas, podridas, que es asqueroso este estar políticamente correcto, fulanita y menganita en su rutina, despreciándose. No ves que yo no me creo esto de que la vida dure mil siglos». Lloraba y lloraba, como si llorando pudiese destruir la maldita casa compartida, dinamitar su compostura que me hacía odiarla porque ella no era sensible a todo esto, todo esto no le afectaba, la caída del amor, la pestilente convivencia sin deseo, sin deseo de conversar, tocarse, nada.

Lloraba de un modo que secuestraba su libre albedrío, su libertad, la secuestraba a ella, porque si agotada por mi intensidad ella salía por la puerta mientras yo lloraba, intentando escapar de la situación, la agresividad en mi cuerpo era tan grande que sabía que podía dañarme o destrozarlo todo. Entonces, por miedo a eso o a algo peor, tal vez por un despertar de la compasión, en algún impás ella parecía que recobraba algo de ternura, una lejana empatía que bastaba para calmarme lo suficiente, dejar de hiperventilar y hacerme pensar: ¿quién horrores soy ahora? ¿Me estoy degradando? ¿Me oirán los vecinos?

10

*

En el camino de vuelta a la casa junto al mar el tren frenó de golpe, como si algo hubiese interrumpido su trayecto. Pensé inmediatamente que sería un cuerpo. Primero llegó un camión de bomberos a cuyo techo subió un hombre en uniforme que instaló un gran foco con el que apuntó hacia las vías, a la altura de mi vagón. La noche rota por un frenazo y un foco de luz. Luego más camiones de bomberos con sus luces azules intermitentes, dos, tres, cuatro de estos y también varias ambulancias, coches de policía, todos en círculo alrededor de las vías, como una extraña reunión de automóviles parpadeantes.

Esta noche hay muchas personas atentas a una que decide terminar con su vida. Antes, seguramente, no hubo nadie o casi nadie. Solo el gesto desesperado y valiente que busca la muerte consigue interrumpir el orden de las cosas. Un hermoso «basta» leído como atentado antisocial. Tras la ventana observo policías y bomberos acercándose con sus linternas al lugar donde se juntan tren, cuerpo y vía. Del otro lado están los pasajeros molestos, resoplando por no llegar a sus destinos. Una ceremonia de luces azules y blancas acompaña el tránsito de quien deja la vida hoy y el resto no podemos estar a la altura. ¿Me siento más digna de presenciar esta escena por estar secretamente leyéndola como una victoria?

Lo veo a través de la ventana, sobre una plataforma, sacan al cuerpo. Un cortejo fúnebre uniformado con casco y traje de noche, bandas amarillas reflectantes sobre negro para ampliar visibilidad. Cargan el cuerpo a la vez que otros sostienen una gran sábana negra para intentar un decoro frente al escándalo, impedir la mirada de los pasajeros del tren. Aun así, alcanzo a ver unos calcetines de rayas blancas y rosas. Me sorprende sentirme tan en calma. Me siento cómplice, como formando parte de una misma resistencia que reconoce la miseria en la que algunas vidas se ven atrapadas. Pienso que ojalá lo haya conseguido, ojalá fuese demasiado tarde para que ninguna tecnología y ningún héroe al servicio de la patria pudiese revertir el deseo, la voluntad de morir de una de nosotras.

Una hora y media más tarde los vehículos se van marchando, hasta que solo queda un coche de policía con la sirena apagada. La noche vuelve a ser negra.

*

Cuando llegue de nuevo a su casa me sentaré en la cocina y le contaré a la escritora. No estoy consternada por el episodio del tren, pero ojalá tema que sí y de algún modo me consuele. Agradezco tener una historia espeluznante que nos entretenga lo suficiente para que no salga en la conversación el par de días que pasamos solas Greta y yo. El par de gotas rojas que quedaron levemente marcadas en la pared junto al sofá.

A veces dudo de si estos pensamientos anticipatorios los tenemos todas o si responden a algo en mi carácter que está mal.

Me recibe en camisón largo y chaqueta de punto, con un abrazo. Nada más. «Bienvenida, ¿cómo has estado?».

A la vez la euforia de la perra, con un movimiento de cola que desplaza sus cuartos traseros y casi le hace perder el equilibrio.

Pasamos un día tranquilo. Al volver siento de forma muy distinta el privilegio de vivir en esta casa. Atrás quedó el tráfico de Paral·lel, el ruido, la contaminación. Todo aquí está cuidado. Ha traído un ramo largo de girasoles y lo ha colocado en mi habitación.

Parece que ella, por fin, escribe a buen ritmo. Comenzó en su viaje sola, en alguna habitación de hotel. Ahora continúa en la casa y yo disfruto del paseo al atardecer entre las barcas. La perra corre delante de mí, yo sigo el sello de sus almohadillas sobre la arena húmeda.

11

*

Hay cierta paz esta noche porque ya ocurrió lo que anticipaba con angustia. Se han ido, las dos, Greta y ella. Salieron de casa esta mañana mientras yo dormía y no las vi marcharse. Seguramente Greta llegó con su coche, abrió la puerta de la entrada, sonrió con esa alegría que la hace parecer muy joven y le ayudó con las bolsas. Tras escuchar una conversación telefónica que la anunciaba, llevo días esperando esta escena, con miedo a pasar la noche sola en casa y a no poder dormir. ¿Cuál era mi mayor preocupación? Confirmar que efectivamente el deseo de ambas era compartir un tiempo privado, existir al margen de esa invitada perpetua en la que me he convertido. Era cierto, sí, que su vínculo tenía la fuerza suficiente, la gravedad... para necesitar de un espacio donde yo no estuviera. ¿Cómo se puede convivir con la idea de que dos se necesiten al margen de una? Cómo aceptar una realidad tan justa y a la vez tan insoportable: la de no ser la única, la favorita de nadie.

*

Mi cuerpo no es capaz de saciar las necesidades que otra pueda tener. Recuerdo el rostro de mi madre insatisfecha mientras yo intentaba serlo todo para ella: una niña, una madre, un marido. También el escándalo a veces unido a esa insatisfacción, contrariedad de encontrar en su hija lo monstruoso, los muslos gordos enrojecidos en verano, la menstruación temprana, la excitación sexual.

*

He salido a cenar al restaurante que hay al borde de la playa. Navajas a la plancha con limón y dos vasos grandes de cerveza. No tenía hambre, necesitaba mantener la vitalidad para no caer en ese añadido de tristeza propio de la inanición. Quería conseguir embriagarme un poco, lo justo para llegar a la cama directa después de la cena.

Sé cuál es mi mayor miedo. Aunque parezca ridículo puedo decirlo: lo que más temo es el móvil, mi forma compulsiva de consultar Whatsapp esperando un mensaje. El último fue de la escritora a las once de la mañana. Me daba los buenos días y me decía que ya habían salido, que hacía un sol precioso, que no dudase en aprovecharlo. La suficiencia de su amabilidad me revolvió. ¿No era ella una escritora como para poder usar de forma más útil el lenguaje? La primera parte me informaba de lo único que yo ya sabía: no estaban en la casa, habían salido. A espaldas de esa frase estaba sin embargo todo lo que yo no sabía, que ella se negaba a contar: ¿dónde habían ido? ¿Cuánto tiempo iban a quedarse?

Contesté de forma breve y amable. Apenas un par de palabras. Si extendía la respuesta entonces el mensaje no podría ocultar mi tristeza. Y el habla de un cuerpo triste siempre es

136

sospechosa: contiene tensiones, segundos sentidos. Resulta violento frente a las frases simples y utilitarias de un cuerpo tranquilo. La tristeza genera pliegues en el lenguaje.

*

El mensaje había llegado a las once. Luego, sola frente a la pantalla del teléfono, yo vivía una y otra vez el abandono. Como si el silencio de la pantalla fuese un rostro que de forma voluntaria decide quitarnos la cara y no mirarnos a los ojos. Agujero negro por donde se iban mis energías, y también espacio para la esperanza remota, puerto desde el cual algún día tal vez vería los barcos volver: «¿Qué tal? Pienso en ti».

Odio la sensación de que todo lo que puede ocurrir y lo que puede no ocurrir ha de ser a través del móvil. Pero ¿por dónde si no? Estoy sola, aislada. Si al menos hubiesen dejado aquí a la perra...

*

Pedí un segundo vaso de cerveza y dudé sobre si la expresión del camarero era de juicio. Quería que el alcohol rebajase la atención y me permitiese dejar el móvil en la cocina y dormir lejos de él para no tener que comprobar que, efectivamente, ninguna de las dos me mandaba un mensaje de buenas noches.

*

La noche es fresca y al salir del restaurante se levanta una neblina del mar que carga el aire de agua. Me cubro la cabeza con la capucha de lana de mi chaqueta y camino sin cuidado, sin preocuparme la torpeza del paso o la figura. La soledad otorga un tipo de descanso, es un tiempo libre de seducción. Nadie me ve ni me verá esta noche. El móvil escuece en mi bolsillo. ¿Y si por no comprobar me estoy perdiendo un mensaje bonito? ¿Y si miro con esperanza y me vuelve la angustia?

Cualquier opción abre una cadena de daños. ¿Cuántas otras en el mundo se encontrarán esta noche en una situación similar?

Muchas, seguro que muchas.

*

Al llegar a mi cuarto comienzo a ver el documental que la escritora me recomendó hace dos noches con tanto cariño e insistencia.

La belleza de las imágenes. Tomo notas para poder quizá compartirlas con ella, si las dos vuelven y todo sale bien. Todo sale bien: ¿qué quiero decir? Que la vida aquí continúa tan bien o tan mal como ha discurrido hasta ahora. Que Greta quiere volver a verme, que la escritora trae de nuevo girasoles a la habitación.

Las notas:

Metamorfosis de los pájaros. La posibilidad de un amor, una historia, una casa. Ochenta y cuatro plumas de pavo real dispuestas sobre el suelo, con su ojo azul, contadas una a una por un niño que teme perder el cuidado de su madre. El miedo al fondo de la bañera a la hora del baño. «Dame el corazón del tamaño de una ballena, que con calma se sumerge en las tempestades». Un bodegón de calabaza y puerro. Las sardinas sobre papel de periódico y el pan. Marineros que, desesperados, fantasean con tirarse al mar tras dos semanas sin recibir correspondencia. Escribir «mi amor, mi casa» con pulsaciones de luz, hacia una nada remota. «Dame tiempo y valor para esperar, aunque no sé para qué». Valor y espera en las manos. «Conozco mejor mis manos de lo que conozco mi rostro». «Se equivocan aquellos que piensan que las manos nos pertenecen, nosotros pertenecemos a las manos».

Qué pensé mientras veía el documental. Mientras lloraba durante la segunda mitad casi completa, tras la muerte de la madre. Pensé que entendía. Que hablaba a mi sensibilidad y que podría llegar a amar bien a la persona que me lo había enviado, y a cuya sensibilidad la pieza fílmica también hablaba. Un caballo con cola de pez. Las memorias que debemos crear juntas para que las emociones tengan sentido.

Tal vez a la vuelta le pueda decir: «Todos los días que no me escribiste, y que estabas con ella, vi el documental hasta terminarlo. Para que lo delicado y lo tierno no dejase espacio a malos pensamientos. Si somos capaces de sentir esa belleza tendremos que ser capaces de hacérnosla». «Lo que el ser humano no es capaz de explicar, se lo inventa». «Ya no sé cómo era hablar contigo, ni cómo es tener madre».

*

Dejar que la vida atraviese, aceptar, tomar el deseo con todas las contradicciones que me causa. Aceptar, ¿no es lo que estoy haciendo? La luz entra desde los ventanales del salón y desnuda la madera suave de los muebles. Si piso la luz es ella la que se pone encima, deslumbra y borra el contorno de mi pie derecho. Estoy sentada sobre una butaca color jade oscuro que a su vez reposa junto a otras dos butacas verdes vacías. El 3 es el número de la casa, un número que aspira a un ideal o una tendencia a triangularlo todo. Mientras algunas personas tratan de «cuadrar» las cosas o de hacerlas de modo que queden «redondas», la dueña de esta casa triangula, sostiene el mundo sobre tres patas. ¿Una casa para tres? Ella, la perra, yo. Greta, yo, ella. ¿Cómo el tres podría satisfacernos? Un número que plantea la posibilidad de relación hacia dos lados, pero que a la vez preserva nuestra soledad, la mantiene intacta.

En el tres siempre hay una que está sola. Siempre hay un momento en que una mira mientras dos viven. La mirada es privilegiada porque captura la belleza y la intimidad desde una distancia tan corta que sería imposible conocer tal perspectiva de otro modo. ¿Cuál es el reverso de ese privilegio? La extrañeza de estar dentro y estar fuera a la vez. De existir y no existir para las otras.

Una memoria inventada:

Hemos pasado el día juntas y la que no vive en la casa se despide. La imagen de Greta entrando en la boca de la escritora, que se apoya sobre el aparador que hay justo a la entrada, donde se acumulan cartas, llaves, conchas y piedrecitas de la playa. Es una despedida lenta, veo el movimiento de Greta, pero no el suyo. Dudo sobre si ella también avanza, o si la lengua reposa, los labios se abren y se deja hacer.

Espero a que el momento termine. Tal vez siento curiosidad o la finjo, porque desearía más ser curiosa que estar molesta por celos. Pero una es más su pasión que su proyecto, siendo el segundo un mero propósito sin materializar todavía.

Dos se besan, una mira. Y la que mira, ¿dónde ha de llevar los ojos? ¿Al suelo, a la pantalla del móvil? O directamente a los dos cuerpos como si nada malo hubiese en sostener esa imagen. ¿Cuánto dura el beso para la que observa? Mucho, mucho más que para quienes se están besando.

Porque soy una de tres conozco la temporalidad frustrada del fantasma que entra en las casas y cruza habitaciones donde los vivos comen, defecan, hacen el amor.

Después G me besa a mí. Y mi beso no existe, pues inevitablemente toda mi atención se enfoca en establecer una comparativa pesimista donde imagino que salgo peor parada: menos segundos, menos ganas, menos profundidad. Prefiere besar a la escritora que besarme a mí. ¿Es cierto o yo, insegura, lo imagino? Imposible saber lo que es justo o verdadero; la experiencia, parcial y ansiosa, es nuestro testigo único. No sé si Greta me elige o me toma porque simplemente me ha encontrado ahí, en el medio. Una especie de apéndice que le ha salido a lo que desea y que no soy yo. No sé si la escritora se acerca o se aleja poco a poco, en esta lentitud exasperante a través de la cual nos relacionamos.

*

Ojalá no existieran. Nunca haberlas conocido.

*

Tengo que obligarme a recordar la mañana con Greta. Todos sus gestos de cariño y generosidad. No es mi enemiga. Las cosas buenas que nos ocurren también son reales, me digo, no solo las malas.

Voy a la bolsa de tela donde guardo la ropa interior y observo dos fotografías recién reveladas: ella y yo en albornoz ligero de verano, su mano en mi vientre y sus labios sobre el tejido a la altura del esternón. El gesto es tierno, no mira a la cámara que yo sostengo. Cómo puede haber sido tan dulce tan pronto.

*

Paso una noche de mierda. Amanece otra vez.

Sola en la casa soy la guardiana de la base. El uno de un tres donde dos pasan la mañana en otra playa que no es esta, la tarde leyendo en pequeños restaurantes, probando varios vinos de la zona hasta decidirse por una botella, señalando con el índice apoyado en la carta raciones de pan con tomate, olivas y pechinas que llegan a la mesa sobre platitos no más grandes que la palma abierta de una mano. Tomando de postre un croissant crujiente con chocolate fundido que les mancha la boca, los dedos y también la barbilla. Admirando las artes de carpintería que hicieron curvas las estanterías modernistas donde se exponen distintos tipos de licor. Cerrando la noche con uno de Menorca. Hablando de una isla, de volver juntas a la isla donde la familia de Greta vive aún.

Pero Greta, escúchame. Yo también quiero ir. ¿Sería eso posible o rompería las reglas silenciosas del juego? Las que tal vez os sean familiares, pero desde luego yo no conozco porque ha pasado el tiempo y no sé nada de vosotras. ¿Puedo viajar contigo? ¿Querrías? ¿Sería remotamente una opción? Que otro día fueses a buscarme a mí en coche con la sonrisa limpia y las gafas de sol encima de la cabeza. Porque adoras las gafas de sol aunque casi no te hacen falta, tú, que tienes los ojos más oscuros que he visto (y que, porque no temes, no parece que te atraviesen las bajas pasiones, la inseguridad y la envidia), puedes mirar el sol a través.

Me gustaría haberte contado que echaba de menos hacer el amor así, por la mañana, amaneciendo junto a un cuerpo tan despierto. Porque la mañana sigue a la noche y yo he sentido siempre que cuando se desea la noche nos agota, el alcohol llena de brumas la memoria, y es entonces cuando el amanecer sorprende, despertando junto a alguien que no siempre ha estado ahí.

*

Una se mueve primero y la otra queda quieta, esperando. La cámara estaba sobre la mesita, también colocada para que la tomaras. Creo que querías que la luz entrara en el cuarto, pero solo un poquito, lo suficiente para dibujar el edredón, los muslos desparramados en el sueño, el contorno de quien estaba ahí contigo. Probaste varias posiciones. Podía reconocer el sonido de tus movimientos: con ojos cerrados te imaginé empujando las dos lenguas de la cortina hacia distintas alturas, conduciendo un rayo, dirigiéndolo sobre mí como cuando se juega con el sol y un espejo.

Luego un silencio, el silencio de tu mirada tras la cámara, seguido por el sonido mecánico del disparador: sonido seco, ancho, muy característico. Podías tener todo eso, Greta, estaba para ti: el cuarto, la mañana, la desnudez. Tu atención a las formas me volvía más suave y más curva.

*

La belleza puede agarrarse sin marchitar cuando es una de nosotras quien la encuentra, la inaugura con atención estética, como un acto de crear y recrear de nuevo. La otra, imaginando también, se entrega a una posibilidad que existe desde mucho antes de que nosotras llegásemos a estar ahí, en esa casa tomada, juntas. El relato que con este magnetismo nos une es nuevo como un cordero abriendo los ojos tras abandonar la placenta, pero también antiguo, está en los museos y en los diccionarios de mitología, donde Leda es seducida por un dios convertido en cisne, que sabe que, para dormir junto a ella, la virtuosa, ha de ofrecer algo distinto al cuerpo de un varón.

Esto ofrecía el cisne: un pecho de pluma blanca y la envergadura descomunal de las alas para sostener a la bella Leda mientras la penetra. ¿Quién no quiere ser ingrávida una vez? Anidadas sobre el edredón, o bajando la corriente de un río cuyo arrastre no ha de negociarse. En la embestida de un animal que empuja y que somos nosotras. Capaces de abrir un vientre, capaces de abrir el vientre, las piernas, la grupa la una para la otra.

Nos recuerdo. Sentada contigo a mi espalda y tú rodeándome con los brazos, rápida, presente en todo lo sensible. Entonces mi nuca hacia atrás y eso era el abandono: no medir las proporciones, hambre de lo que quisieras o estuvieses dispuesta a darme. Estar abierta —la boca, la voluntad—, esquinas redondeadas y jugosas.

*

La escritora me envía una imagen del mar, uno más gris que el que solemos ver por las mañanas, con algunos veleros de gran tamaño navegándolo a lo lejos. Su mensaje dice: «Bon dia: tan parecido y tan diferente. Regreso a la noche, si te parece descongela un tupper de caldo de pescado y haremos una sopa templada con fideos».

Tan parecido y tan diferente. ¿El mar? ¿O pasar los días con Greta y pasarlos conmigo? Si al menos hubiese escrito: «Tengo ganas de verte», sería suficiente para mí, pero no sé qué implicaría este mensaje para Greta. ¿Una traición al tiempo compartido? Tal vez para ella no, amorosa y alegre, solo para mí, una maniaca que todo lo retuerce y lo sospecha.

*

Ojalá poder sentirme ligera, quizá solo avanzan ligeras aquellas a las que han querido lo suficiente. Las que han sido, al menos una vez, las favoritas.

*

Podría marcharme. Eso sería por primera vez una expresión de carácter. Rompería el hilo de diamante que me mantiene unida a este espacio, el que me mantiene unida a ella. Pero en realidad se trataría de un falso gesto de voluntad, que operaría en contra de un deseo más profundo: quedarme aquí esperando una resolución a mi favor. La casa se hace densa como el petróleo, pegajosa, de superficie adherente. Después pasa a ser lisa, de formas cortantes y con un vacío que apresa. Me quedo quieta, de pie junto a la puerta principal, que miro fijamente pero ni siquiera intento abrir. El cuerpo no me responde, solo la mente viaja rápido, encadena pensamientos sin que tenga ningún control sobre ellos. Algo por dentro se aceleró demasiado, los mensajes de invitación a la huida se mezclan con pensamientos estratégicos, que calculan las posibilidades de que, si la escritora vuelve y me encuentra en casa, si ahora descongelo el caldo y la espero para la cena, tal vez esta noche ocurra algo que deseo.

12

CUADERNO DE NOTAS

Y tuve que sostenerle la mano toda la cena porque veía en sus ojos el susto, el pozo ciego de las emociones oscuras, acumuladas durante el fin de semana. Por su rostro, que intentaba seguir la conversación, pero mostraba gestos bloqueados, que no llegaban a dibujar un recorrido completo, entendí lo que había estado imaginando, sola en la casa.

Le sostuve la mano y le hablé suave toda la noche, porque qué importaba que la realidad no hubiese sido la de su pesadilla, si al final ella ya había vivido desde la imaginación el martirio completo. Pensé en decírselo: no es lo que te imaginas, la relación entre Greta y yo no tiene sexo ni enamoramiento. Me gusta mirarla, sí, me acompaña su belleza, nos acompañamos en la vida, nada más.

Pero no habría podido decirle esto sin que una oleada de rencor me hiciese recriminarle: temes tanto porque has pensado que yo soy igual que tú, que tengo las mismas necesidades y que he respondido de la misma forma que tú, impaciente y enfadada, porque los acontecimientos del amor no avanzaron a tu ritmo. Insegura y derrotista, eres tú tú tú, niña fotógrafa, la que ha buscado con necesidad una salida a un camino de seducción que te resulta asfixiante, tanto que te hace dudar de mí, pero sobre todo que te hace dudar de ti misma.

En algún momento soltó mi mano, se levantó nerviosa de la silla, con la excusa de arrancarle la piel a unos tomates que había cocido. Yo le hablaba de un lugar de avistamiento de aves en el Delta del Ebro y ella dirigía la mirada nerviosa a todas partes. No quería creer que mi interés por la laguna de la Tancada fuese el verdadero tema y se impacientaba ante la llegada del tema definitivo. Se desabotonó las mangas de su camisa y se las arremangó hasta los codos para ir arrancando las pielecillas de los tomates, mirándolos fijamente. Sé que podría haber pronunciado en ese momento una frase que desambiguase la situación, pero el dolor me mantuvo callada. ¿Con qué derecho decirle que su trato con Greta me había roto la fantasía que yo tenía para las dos? El anhelo de algo sencillo que se iba gestando lentamente sobre territorio firme. ¿Y qué derecho tenía yo a desear una vez más de las otras algo tan parecido al amor tradicional, a la idea de lealtad en la que fuimos criadas?

Y así pasé un fin de semana cogida del brazo de Greta, visitando arrozales y chupando sabrosas cabezas de horribles galeras. Mirando la línea de sus muslos bajo el pantalón de pijama no para desearla, sino para imaginar cómo la miraría ella. Queriéndola, queriendo quererla, asintiendo con complicidad paciente durante su relato del romance, negando cuando me preguntaba: «Pero ¿no te parece mal, no?». Medio martirizada, incapaz de contrariarla, incapaz de permitirme ser la señora celosa y posesiva que, sin embargo, en cierta dimensión del carácter he sido toda la vida.

Una señora territorial, que necesita tener cierto control sobre el espacio de su casa donde ahora está la niña que ya no puedo fantasear como niña mía ni siquiera un segundo, mientras me invaden desagradables pensamientos que suenan a bolero antiguo: «Ya no podrá ser, si nos amamos esta noche tendrás demasiado recientes las imágenes del amor con la otra», «Tal vez cierres los ojos mientras me besas a mí y pienses en ella». Qué más da, ya he entrado en este estado de inseguridad, en la crisis que me arrastra a un tipo de discurso que en otro momento del ánimo habría considerado intolerable. Un tomate, otro tomate, una montaña de pieles rojas, desgarradas sobre una esquina de la tabla de madera. Las manos de dedos anchos sujetando el cuchillo. Pelando como quien despluma un ave. Una imagen que connota artesanía o violencia. No está claro.

La falta, la necesidad de un cuerpo y una pasión que rompa los límites de mi vida sigue acosándome ahora con igual fuerza que lo hacía a los dieciséis años. Pero a diferencia de antes, ya no creo que sea justo desbordar en las otras ese tipo de fogosidades.

Por eso no me levanto para interrumpir su absurda actividad con mis gritos. Por eso no lloro, no le hago preguntas.

Como el sol.
Como la espuma en la boca de los bueyes bocabajo.
Como un cuerpo encerrado en sus fronteras, que ha elegido para sí una vida injusta.

Pero ¿qué opción hubo verdaderamente? Tal vez interpreté mal sus señales, tomé demasiado en serio el pensamiento. ¿Qué le ha faltado conmigo?

Si solamente ella me hubiese tomado la mano, en lugar de fotografiarla. Si la hubiese de pronto llevado a su sexo y a su boca, si era esa su urgencia.

*

La fotógrafa habla hoy en el desayuno con frases entrecortadas mientras embadurna una tostada de centeno con mantequilla.

La sostiene durante largo rato cerca de la boca, pero no llega a morderla. Habla de su madre, que solía quitarle la palabra para reprenderla cuando consideraba que su hija había hecho algo mal. «Desde entonces creo que no puedo ver en el silencio algo positivo. Calla quien está disconforme, o quien está ausente». Entiendo que le preocupa mi silencio.

Una niña es castigada con el silencio de su madre. Quitar la palabra es dejar su mundo en suspensión. El poder de quitar la palabra: ejercicio de autoridad que va configurando un pequeño cuerpo ansioso.

El cuerpo que retira la atención se coloca en un lugar de poder violento, estratégico, frente al otro que espera —su presente suspendido en la angustia— a que la posibilidad de conversación devuelva la funcionalidad a su vida.

Y mi silencio, que no es para castigarla, sino un simple nudo en el esternón. ¿Cómo se lo explico?

Un silencio de águila ciega
que sobrevuela el valle sin saber
cuál es el estado o la forma de las cosas.
Aun así, es capaz de alimentarse
conserva el rumbo
cada vez más extraña a las otras y a sí misma.

*

He dedicado toda la energía de mi vida a este tipo de amor… ¿Sería yo más feliz rodeada de hijas que comieran de mí? De otras, irracionales todavía, que impusiesen su necesidad con pasión inocente. Para poder perdonar y amar su violencia. Dos niñas a las que peinar el cabello a la mañana y bañar en agua caliente a la noche. Sus voces interpelándome todo el día, robándome el tiempo, haciéndome existir al no tener ya energía para pensar en mi identidad. Pero nadie ha de recetarse la maternidad, crear la vida de los otros para hacer la suya vivible. Todo mi amor no es motivo suficiente para traer otro cuerpo a la posibilidad de la angustia.

13

UNA EXTRAÑA INTIMIDAD

*

Desde hace algunos días vivimos una extraña intimidad. En algún momento ocurrió, nos encontramos casi sucias y despeinadas, conviviendo, una imagen distinta, ocupando yo la casa por derecho adquirido. Nos miramos en oblicuo, pero directamente a los ojos. Es un lugar familiar, nos conocemos en el dolor.

*

En el paseo ella iba hablando y gesticulando con ligereza. De pronto una zarza se le enganchó unos segundos al paso y le arañó la mano. Pude verlo a cámara lenta, un pincho cortándole a la altura del dedo índice, un centímetro por debajo del nudillo. El fino hilo de sangre apareció de inmediato y luego se aposentó en una pequeña roja línea curva sobre la mano esbelta. El rojo lucía en la piel bronceada, junto a las alianzas de oro.

Fui rápida y tomé una fotografía, justo cuando la sangre comenzaba a secarse. Esa mano podría ser el retrato de autora de su próximo libro. Un retrato sin rostro capaz de saciar cualquier expectativa.

*

El camión del agua mineral con gas llega una vez a la semana y la escritora lo recibe como si fuese una visita esperada durante meses. A través de la ventana de la cocina se cerciora de que efectivamente ha distinguido bien el sonido del motor del pequeño camión de color amarillo, naranja y azul. Después, con sonrisa de satisfacción, eleva una caja de plástico con botellas vacías y se arroja al exterior a hacer el intercambio de vacías por llenas. Charla con el conductor brevemente. Hoy regresa con un sobre blanco de papel grueso, enmarcado en una franja azul ultramar.

—El bono de acceso a las aguas. Nos regalan una visita al balneario de Vichy al mes. Este es para ti. Puedo acompañarte yo o… puedes llevar a una amiga. Lo que prefieras, claro.

—Vamos a ir juntas.

*

La escritora escucha música tumbada en el sofá, con la perra estirada junto a ella a lo largo, el morro escondido en el cuello y los cuartos traseros casi aplastándola. Tiene un libro que no lee apoyado en el regazo.

—¿Has escuchado cantar a Maria Arnal en directo? Estaba pensando en el número 3. Su repetición inevitable y también la posibilidad de superar la angustia del 3 cambiando de números, multiplicando… Esa noche alguien me llevó al concierto… éramos dos personas unidas por una mujer que canta. Maria cantaba «Com un meteorit lluminós, creuo el cel...» y mi compañera me besaba. Me pareció que esa noche por primera vez me estaba besando «de verdad», llamo verdad a la entrega, un estado concreto de la entrega. Claro que ella no me besaba solo a mí, sino también a la música y a Maria celeste como una esfera en una fogata blanca, ardiendo bocanadas sobre el escenario. En una relación pocas veces dos personas están verdaderamente a solas.

—Es normal entonces lo nuestro, ¿no? —le pregunto.

Nos sonreímos.

*

Algo ha ocurrido. Estamos hablando, sin apuro, con fluidez.

Mi voz se combina con la suya. Ambas nos parecemos cada vez más a una tercera, mezcla de las dos.

*

«Salí dos veces del amor. La primera con mi madre, mientras sosteníamos el pulso de nuestro vínculo ella se agotó y murió. Tuve que salir. La segunda vez fue esa relación donde parecía que sería para siempre. Durante siete años fuimos una de esas parejas modernas. No había que ponerse límites. De ese modo cada una sufrió la libertad de la otra. Una libertad ulcerante para la que no estábamos preparadas. La visión de la otra siendo verdaderamente libre nos horrorizó, aunque deseábamos mirarla con los ojos de la amistad y no con los del terrateniente testigo frente a su propia tierra saqueada. La voluntad, querer ser abiertas, no querer ser celosas o posesivas... la voluntad no servía más que para sobreexponernos. Traumatizarnos».

«¿Sabes que siempre he pensado que es precioso verte comer? Me encanta cómo muerdes pedazos demasiado grandes, no utilizas los cubiertos y de pronto todo se te abrupta en la boca. He fantaseado mucho con esa imagen. La forma torpe y hambrienta de tratar la comida. Lo que un día podrías hacer conmigo».

*

Desde adolescente nunca tuve idea de mi talla. Dependiendo de mi estado de ánimo me compraba indistintamente la talla 38, la 40, una XXL. No soportaba que mi contorno marcase las curvas de la cadera, los muslos o el pecho. Envidiaba a las niñas planas como una tabla. De piernas largas y sin muslos, solo un culito pequeño al final. Luego deseaba a las mujeres de tetas pesadas y muslos generosos, pero sabía que no podría soportar ser una de ellas. No podría aguantar ser mirada de ese modo todo el tiempo. Como cuando salía sin sujetador con una camiseta demasiado fina y me daba cuenta por las caras de los hombres mayores. El modo en que clavaban los ojos en mi pecho y luego espasmaban los labios, y cuando finalmente me miraban la cara era con un gesto violento de desprecio como si mi rostro no les encajase, las cejas pobladas casi encontrándose sobre mi nariz, los labios oscuros y gruesos con una sombra de vello alrededor. La mirada gris. Gris perla y a veces roja, fuego, irritada.

No era el deseo de los otros lo que me escandalizaba, sino el desprecio al que parecía ir adherido, indisolublemente.

*

«Cuando de adolescente en el colegio un chico que me gustaba metió sus dedos dentro de mí, a la semana siguiente ya lo sabía toda la ciudad. Humillarme, negarme el respeto no le importó porque yo no valía nada. Nadie lo censuraría a él por contar mi intimidad; yo ya había recibido el papel del monstruo, algo excesivo, deseante y sucio. Pero nunca nada distinto a una mano ha podido tocarme. Mi primera conciencia política fue eso: un no rotundo al rito de paso por el que las niñas se convertían en mujeres en esa pequeña ciudad».

*

Aceptar que la pasión desordena, pero ¿tanto?

Me enamoré de mi mejor amiga, que era muy delgada, y comencé a vomitar.

Ahora siempre está el reflujo y el dolor de estómago. ¿Tú crees que se deben a aquello? No fue una temporada muy larga…

Mira, lo que tengo es muchas veces una sensación de inflamación constante en el costado derecho, justo bajo las últimas costillas, que irradia hacia la espalda.

*

«Yo sin embargo servía a mi madre con los trabajos del amor. Desde pequeña aprendí a que un solo rostro, como dios, lo ocupase todo. Atendía a cualquier cambio en ese rostro que anticipaba para mí el estado del mundo. A veces en pocos minutos pasaba del cariño a la ira. Aprendí a rastrear cualquier pequeño signo, contracción, cambio de gesto. Anticipándome, con mi comportamiento intentaba intervenir en su deriva, evitar el enfado, o conseguir aún más reconocimiento cuando algo que yo hacía le daba placer. El rumbo de mi vida en un rostro.

El poder de su gesto me sometía y me asustaba. Verlo morir sería quizá quedar asustada para siempre, por eso lo evité. ¿Y tu mamá? ¿Tenía ese rostro? De quienes desaparecen. ¿No te dio miedo verla así?».

*

Solo antes de mirar tuve miedo. En la despedida, en la mirada última del amor, el horror no existe, no tiene nada que hacer. Las imágenes del horror las crea la distancia, son imágenes mentales.

Tú eres quizá demasiado prudente. En general.

*

«No respondo ni a un guion ni a un proyecto de vida: soy fiel a lo que acontece en el cuerpo: si siento amor estaré preparada para entregarme: a la herida, al riesgo de perder. Al sexo y a la posibilidad de la belleza. A la responsabilidad de la belleza. Al cuidado para siempre de un pájaro, una perra, una amante o una hija. Solamente hace falta compartir el cuerpo y el tacto para exponerme a que el amor ocurra.

La seducción es un camino, que no todo el mundo recorre, desde la diferencia radical hacia una familiaridad deseada. Yo quería para nosotras esa seducción que no consume a la otra, sino que abre una casa, un tercer espacio para dos. Pero la seducción es lenta, eso tú no lo entendías…».

*

Entiendo ahora lo que buscas, pero no estoy segura de que pueda hacerse con toda la ambigüedad con la que lo hicimos nosotras. Podrías haberme dicho que sí había deseo, pero que sencillamente necesitabas ese tiempo para confirmar que no era yo una saqueadora de casas, de imágenes. Los rodeos me hacen sentir muy insegura, me llevan a pensamientos negativos. Interpreto la ambigüedad casi siempre como un rechazo.

*

«Suena tierno lo que dices. Nunca pensé que pudiese ser tierno, que el deseo pudiera confesarse sin perder por ello parte de su fuerza… que es fuerza de enigma».

*

Lo que es difícil es tener la fortaleza para comunicarlo. Más que en la tensión del enigma que tú tanto disfrutas, yo encuentro algo arrebatador en la reciprocidad…

*

«Esa de ahí es tu mano. Tu mano fuerte de niña fotógrafa que soporta el peso de la cámara sin que falle el pulso. Ese dedo índice, redondeado y de uña corta, es el que aprieta el disparador. En algún momento va a estar dentro de mí, junto a este otro que también estará. Por ahora es solamente tu mano, la que llevo contemplando tantos días. Frente a mis ojos ha realizado todo tipo de gestos y lo ha hecho desnuda. Hay algo fabuloso en la naturaleza de un órgano sexual que va siempre al descubierto. Cuya presencia es central en la conversación, se dirige a nosotras, nos habla sin avergonzarse».

14

*

Por la mañana la brisa toca las velas plegadas de las embarcaciones de la playa de Altafulla y las hace sonar. Los patines han salido al mar en la primera hora de viento y quedan descansando el resto del día sobre la arena. La escritora despertó pronto, fue a dar un paseo y regresó con un paquete de café recién molido y una cesta de pescado pequeño para freír.

«Sal de ahí, coge el aparato, venga», me animó, asomándose por la puerta y apoyando el capazo en el suelo. Yo estaba aún en pijama y me calcé unas sandalias, me cubrí con una chaqueta de punto que ella había dejado doblada en la butaca y la seguí con cierta torpeza. Bajamos hasta la desembocadura del río Gaià.

«Aquí, frente al agua, va a funcionar, toma ahora una fotografía».

Mantuvo la postura con calma, la acaricié con el ojo, tras la fina membrana de cristal. Parecía feliz.

*

Recostada sobre mis piernas, en el sofá, me lee *Los ojos azules pelo negro*, de Marguerite Duras. Es un relato denso y enigmático, de una teatralidad onírica. Alguien, aquejado de un dolor melancólico, pide a una mujer que duerma con él en un apartamento junto al mar. Durante noches y noches la observa, pero nunca se dispone a tocarla. Ella lee durante casi dos horas enteras, antes de irnos a dormir. De vez en cuando para, comenta una frase, se asegura de que sigo despierta.

> Fue en la carretera nacional, al levantarse el día, tras cerrar el segundo café, cuando le dijo que buscaba a una joven para que durmiera con él durante algún tiempo, que tenía miedo a la locura.

*

La cama es demasiado blanda y hacia el final de la espalda siento que me hundo y se me curva la columna. A un lado, la perra duerme con el hocico a la altura de mi boca, de modo que puedo oler su aliento fuerte de animal. El pelo del cuello, donde a ratos entierro la nariz, no tiene el olor de su especie, sino el del perfume de su amiga. Talco, leche de higo dulce, jabón de tocador. Hundo allí la cara mientras le acaricio las orejas, aplanándolas, tumbándolas hacia atrás. Mansa y lenta, la perra se abandona a mi mano.

De pronto, oye abrirse la puerta del dormitorio de la escritora y deja atrás nuestro nido de un salto, se precipita hacia el pasillo por donde ya se escuchan los pasos de ella aproximándose. Los reconozco por su resonancia, su apoyo suave.

—Buenos días, bombón.

Está mirando hacia el espacio vacío entre mis sábanas. Luego pregunta:

—¿Tú crees que está mal tener celos de una perra?

Sonríe al borde de la cama como una niña pidiendo permiso. Se mete dentro.

Primera edición: abril de 2024

© 2024, Sara Torres Rodríguez De Castro
© 2024, Penguin Random House Grupo Editorial, S.A.U.
Travessera de Gràcia, 47-49. 08021 Barcelona

Printed in Spain – Impreso en España

ISBN: 978-84-19437-80-8
Depósito legal: B-1.687-2024

Compuesto en La Nueva Edimac, S.L.
Impreso en Liberdúplex
Sant Llorenç d'Hortons (Barcelona)

RK 3 7 8 0 8